一草一春

Yicao Yichun

郎杰 著

GUANGXI NORMAL UNIVERSITY PRESS
广西师范大学出版社
·桂林·

图书在版编目（CIP）数据

一草一春 / 郎杰著. —桂林：广西师范大学出版社，
2013.4（2013.8 重印）
ISBN 978-7-5495-2888-2

Ⅰ. ①一… Ⅱ. ①郎… Ⅲ. ①随笔－作品集－中国－
当代②杂文集－中国－当代 Ⅳ. ①I267.1

中国版本图书馆 CIP 数据核字（2012）第 264586 号

广西师范大学出版社出版发行
（广西桂林市中华路 22 号 邮政编码：541001
网址：http://www.bbtpress.com）
出版人：何林夏
全国新华书店经销
广西大华印刷有限公司印刷
（南宁市高新区科园大道 62 号 邮政编码：530007）
开本：889 mm × 1 194 mm 1/24
印张：10 $\frac{1}{6}$ 字数：150 千字
2013 年 4 月第 1 版 2013 年 8 月第 2 次印刷
印数：1 501~3 500 册 定价：50.00 元

在我们最后变为自己或别人的一味药之前
我们人人可以是一棵享受春天的草

—— 作者

甘。草。

甘甜之草生

甘草

和诸药而解百毒

调和诸药

盖以性平

序

一草一药，一生

赵妮娜

那样的机会在现在这样的时光里越来越少，离开了城市，你真实地、狠狠地把自己扔进自然里，最好是扑倒在草地上，离天空远一些，离泥土近一点，这时抬眼看看，想：我是什么？

你的存在在这个世界上，原来也接近于一棵植物，比如草。

大师们有“草芥人生”的总结语，这生活的金玉良言、公式定理，我们常常没有机会细品细想，以为说的只是忧伤，就忽略其中的好意思、真性情。

也不只是一棵草。到了一定的年龄，这个年龄不是一个具体的数字，而是一个藏在心里、隐在背地的状态出现后，你的身体还有思想，鲜活灵动少了，不自觉地慢了稳了，人生如草的状态就开始了。

人生如草，到了一定的时期，可以转为一味药。

被时光和现实风干着，还是前身的植物躯体，过的还是和去年前日相似的生活，而内在里，草却有了药性，有了功用。

成为药，首先不是医治别人，而是医治自己。

看到了，明白了，教育着自己，然后决定行或止，有了另一个活的状态。

每个人到了最后能活成自己的一味药，这是个境地。有人成了药，自己还不知道。药和药还总是不同的，不同是因为自己的选择。

看到郎杰的文字和图片，慢慢勾出这一味药的姿态，微温的，行诸的，安静又独特地在那里，越来越有味。这书里，看得到女人由青草到草药的转换，更多的是心态。这像是范本，循着容易找到那种称为幸福的东西。

活一个由草到药的过程，不求藏进中药铺的抽屉里，藏在自己家里，过有味的日子。

自序

自喜

I am always doing that which I can not do, in order that I may learn how to do it.（我总是做些我不会做的事情，为的是也许我能够学会如何做它们）。说出这话的毕加索在他活的时候就能把画卖出天价，标准的成功人士。

这位20世纪最伟大的艺术家却在85岁生日宴会上面对所有来宾说：当我独处时，我没有勇气以艺术家这个古老、伟大的名词的意义来想象我自己是一名艺术家。乔托、提香、伦勃朗、戈雅才是伟大的艺术家。我只是公开卖艺的人，这个人了解他的时代，并且竭尽所能的扮演了与他同代人的种种愚蠢、贪婪和杂耍……

我们努力做事，我们内心又如此脆弱和无依，伟大成功如老毕也不能幸免，何况我们小人物。

生活的内容常常多是拷贝和粘贴，日子过去，年岁到来，安静独自时，问自己：该怎么想，怎么过，才有幸福和喜悦？

所有的表述皆带着个人的流露，我的图和文，说的是我这么想，这么看。现在落在纸上，我看到自己的想法和过法。生活里最实用的幸福法则，其实不过是找到一些方式自己温暖自己。

我过着我自己。在这本书里，我其实说的是自喜。

自喜，大幸福，人人皆可。

目录
contents

第三章　解表

图之三：一面

第四章：行气

图之四：一面

西河柳

为柽柳科植物，为柽柳Tamarix chinensis Lour.的细嫩枝叶。

【性味】 性平，味甘、辛。

【主治】 发表透疹，祛风除湿。

第一章
Harmonious

和谐

盖以性平，而解百毒

中秋『食色』

中秋那天收到短信：小时候过中秋，嫦娥的故事总听不进去，心里老想着月饼；现在年纪大了，一过中秋，月饼吃不进去了，心里总惦记着嫦娥……

寂寞嫦娥有人念，今夕是何年？这是我看了短信后的第一反应，喜欢短信里那不声不响的感怀，还有安静淡然的想念——在午夜月圆的空明中，任由心底里的爱恋一点一滴地汇聚、堆积、汹涌、奔腾，直至泛滥。终于，心中的感受如潮水一般倾泻，糊涂与清醒间，散发着骨子里的想象、追求和迷惘……

月饼与嫦娥，就像美味与爱情，异曲同工之妙——一个物质，一个精神。老祖宗语出惊人：“食色，性也。”孔子在《礼记》里讲：“饮食男女，人之大欲存焉。”

凡是人的生命，都离不开饮食、男女。中秋那天，看到“月饼与嫦娥”的短信时，正吃月饼的我，仿佛吃的不是美味，而是爱情。

美味与爱情的关系是：当一个人还在为填饱肚子奔波的时候，爱情不知躲到了哪里。而当一个人的脑子里不断闪现“吃饱了想干啥？”的念头时，爱情就会不由自主地占据制高点。

Photo：相信相遇，不仅仅是人和人之间。

时间开窍

大约两年前，买回一套喜欢很久、纯白色的景德镇出品的餐具。兴奋之余，放水冲洗，一不留神，一只盘子扣在了汤盆上，如胶似漆：分，不开；砸，舍不得。那个气哟！

打电话求助老妈。“放锅里煮煮试试！”煮了十分钟纹丝未动。用螺丝刀撬，枉费心机；用锤子敲，承受不起；打电话问商场，回答说没遇过类似问题，自己想办法！无奈中，放弃折腾，束之高阁。

过年之前，收拾厨房。偶然翻出扣着盘子的“新”汤盆，上面落了许多灰尘。可惜可叹之际，忽然就想再试试能不能分开它们。用手拨弄两下，没开。心不死，找来擀面仗，沿瓷盘边缘，一点点慢敲。“当、当、当”，发出阵阵声响，很有节律。呵呵！仿佛音乐，别有韵味。不知道几圈下来，盘子与汤盆间开始松动，继续敲。“哗啦”一声，突然分离，无比高兴！

奇迹在两年后出现。仔细琢磨，怎么就开了呢？用食指划拉瓷盘上的土，再看盘沿与汤盆咬合之处：岁月的剥蚀，还有灰尘的浸入，早已离间了盘与盆的亲密，以致当初的无懈可击，现出了丝丝缝隙。

忽然间就觉得，当初选择不折腾、不较劲、不理睬和不心疼是对的。如果当时因为舍不得，而一味纠缠，非要一个结果的话，也许，那个扣着盘子的“新”汤盆早都被我给弄

碎了，一定等不到今天。

庆幸时间叫人开窍。有时候，放一放，为自己，为别人。都好。

Photo：安静的树林，陈述着时间的定义。

正版『小三儿』

老公在同学会上语惊四座——唉，做男人不易！要面对三个女人——老女人（老娘），中女人（老婆），还有一个小女人（未成年的女儿），正好三个，一个也不能少。众人皆笑……

老公的话提醒了我，还真是，一个男的要对付家里三个女的，不容易，况且这三个哪个都不能怠慢。曾调侃老公："三个中，老娘是超级至尊，女儿是永恒未来，剩下老婆只能第三。"我接着说："不过，至尊和未来之间，通常是至尊排在第一，偶尔未来也有上升为至尊的机会。"

老公笑我的排序是一大谬论，又安慰我说，这么多年，能稳居第三，也算是绩优股，一定稳中有升。

结婚20多年，从两人世界到女儿出生——三口之家，再到婆婆帮我持家——三代同堂，家中由一个女人，变成两个，再到三个。如今，小女人长成大人，独自去美国求学；老女人也进入人生晚年季节，陪着老伴，沉醉在幸福的两个老小孩的世界；曾经热闹的家庭只剩下我一个中女人坚守。尽管过着家里只有一个女人的生活，可我依然感觉得

到，不是因为我是唯一，就排在老公心里第一的位置上。现阶段的老公，排序又有了新变化——女儿第一，老娘第二，老婆第三。驻足关注，前两个次序相互交换了位置，而俺，岿然不动。于是窃喜，呵呵，非十年前的那个地位啦，俺是明媒正娶的正版“小三儿”啊!

心满意足地找老公闲聊，故意扯上一句：“男人娶个绩优股的老婆应该幸福吧？”老公一愣，转而明白，诡异道：“绩优股可等同垃圾股啊，千万别把自己当绩优股！哈哈……”

一句调侃，打碎我的得意——绩优股舍不得出手，等着涨；垃圾股不能出手，也等着涨。

绩优股=垃圾股吗? 我是绩优股，也是垃圾股，偶尔，兼做一回可爱又可恨的“小三儿”。

Photo：那些如植物一样或郁暗或明亮的心情。

靠向阳光

一排冬青

出差在外，宾馆的小道两旁是被修剪得圆滚滚的冬青树，叶子已经开始浓密了，而刚刚吐出的幼芽，还泛着嫩嫩的、绿绿的鹅黄……徐徐微风吹来，大大小小的叶子含着羞涩，浅吟低唱。眯起眼睛，迎向太阳，心里充满着绿色生机。

院子很小，走着走着，来到那片冬青树的背后。这里面显然不常有人来，也没有路。距离冬青树一米远的地方，有一排高大的针叶松，紧邻其后的是一堵高大的石灰水泥墙。这样一来，那里的冬青枝叶全都包裹在阴冷的气氛里，感觉不到一点儿阳光的温暖。来到此，很容易让人不寒而栗。不想久留，转身离开的时候，忽然反应过来，靠马路，有阳光照耀的一排冬青，枝繁叶茂。而背阳的这面，不但叶片少而疏，树干还是弯曲的，并努力向阳光伸展开来。

我以前知道，向日葵的头，一天都追随阳光在转动。今天，我又知道，如果总也见不到阳光，一些树枝就会想方设法改变自己，努力向着阳光生长……人又何尝不是这样呢！

小时候总唱的那句歌词：“大海航行靠舵手，万物生长靠太阳”，这话直到今天我才真正明白，但也不应该算晚。

眯起眼走路

一连五天，北京天空清澈湛蓝，大自然的恩赐让人受宠若惊。
早上起来，阳光照在窗棂上，噢，屋子金灿灿的，一片辉煌。
很久不曾感受艳阳高照，好像忘记了阳光打在身上，皮肤灼热的滋味。
迎着阳光走，眼睛睁不开，眨巴眨巴，差点跟大树撞个满怀。
眯成一条缝，视野忽然间就小了许多，窄了许多，但感觉好深。
有时候，换一种方式会得到奇妙的感受。
习惯了睁眼走路，未必就能保证不偏离方向。
偶尔，眯起眼审视周边以及熟悉的生活，
立刻，感觉所有一切变得如此新鲜。
在一个有阳光的早晨，眯起眼走路，好爽，好爽！

阳光拉近距离

晚上，一场大雨拯救了这座迷离的城市。
清晨，大地甩着湿漉漉的发梢，开始舒展腰身。
这是一个阳光灿烂的日子！城市散发出无比欢快的力量。
走在阳光百分百的街上，长长的身影起伏晃动，幻化出美丽的图画。
抬眼望去，目力所及，雨过天晴，人与物都变得异常清晰与开阔。
脑海闪过一个问号：为什么有阳光的时候，万事万物近在眼前？
以我仅有的经验推测：阳光之所以能让我觉得有缩短距离的功能，
是因为阳光明媚，阳光透彻，阳光温暖，阳光普照……
希望周围，永远阳光照耀！

错误无拷贝

人不可以踏进同一条河，却爱犯同样的错。每次犯错儿之后，都告诫自己，绝不犯同样的。说归说，做归做，遇上同样场合，还是难改秉性……我不是个聪明人！

昨天犯的错儿，绝对不是第一次，也不是第二次，可为什么屡犯不改呢？我不是一个怕犯错儿的人，但绝对是一个不善于吸取教训、固执而保守的人。每次错误发生后，都会为自己找一些理由开脱；而每当错误发生时，又会以这才是人的真性情为由，纵容一些不正确的行为，并任其发展。

我如果不那么较真儿，我如果不再有把事情做完美的欲望，我如果不那么在意一些人和事，也许就不会有昨天的那场争执。原本事件并非原则性的大事，却让我看成了很重大的事情；原本就知道面临的是一个强势对方，可我还是以卵击石。

我很蠢！纵然有一千个一万个理由，能够证明自己的想法或建议是可行的，甚至是千真万确的，那又有什么用！身处弱势地位的人，如果要生存，最好的方式就是保持沉默，或者无条件地接受。我这样说不是消极应对，而是保护自己不受伤害。退一步说，真的要想表达自己意愿的话，可以采取事后没人的时候交流思想，而且要选择温和的语气才好。

我知道自己一向直白、简单，生活中经常会想法多多，想到即说即做，很少考虑言语的

技巧，说话的场合，以及对方的态度。这一点非常重要，也是我这次总结的经验。作为职场人，你必须学会，对什么人说什么话。在说话的时候还要分清场合，什么话该说，什么话不该说，要考虑到对方的承受能力，还要洞察听者的心态和当时的状态。不然，很容易把事情弄糟。

我不后悔我说过的话和做过的事。没有人喜欢犯错误，但是任何人都不会不犯错误。关键是要认识到犯错误的本质是自我进步，如果能从错误中正确吸取教训，它们就会驱使自己有更大的进步。

Photo：自在地，充满生机地。

买的习性

Photo：不能如花，就如夏树之灿烂地享受人生吧。

路过水果摊，又红又大的石榴咧嘴笑不停，很想买几个尝鲜。转念一想，家里不是有苹果、冬枣、龙眼、雪花梨、南果梨、葡萄吗？买，还是不买，犹豫不决。

放着那么多水果不吃，非要买新的，大有吃着碗里看着锅里的意味。剩在家里的水果不完全是因为不好吃，不好吃的东西不会买。也不完全是因为不新鲜，不新鲜的东西没人要。水果容易失去水分，时间稍久一些就会变蔫，变味。

没有生机和水分的果品吃着如同嚼蜡。可是，每一个饱满的果实，都应该是成熟了之后才被采摘下来的。人们也是遵守自然法则，喜欢吃当下熟透了的果实的。水果丰盛在秋天，这一季从吃苹果、龙眼开始，一直吃到现在，该吃石榴了。

一路走来，哪个好吃，哪个不好吃，哪个酸，哪个甜，尝过之后，心中自有评判。有人喜欢苹果，有人喜欢葡萄。但，喜欢苹果的也可以同时喜欢葡萄。或许，去年喜欢苹果，今年又不喜欢了，转而喜欢上了石榴。

年年岁岁花相似，岁岁年年人不同。每一年，每种水果的口味不会有太大的变化，但，总有差别。差别带来不确定性，不确定的事物诱人眼球。

依照推理，非理性的购买动机来自于人自身的占有和外界的诱惑。买了不吃，不吃再买，循环往复，乐此不疲。

这应该是人们普遍的购买习性吧！

女人衰老

Photo： 嫩绿和枯干，坦然起来，都是生的时段。

再过些日子就整整45岁，仔细一想，45岁可是大半生了，难怪最近总是觉得自己和以前有很多的不同。总之，无论在心理和生理上，我都感到自己一天比一天衰老。

我开始频繁地忘记事情。上个星期三，同事告诉我第二天9点在某某会议室开会，我随口答应说好，可一转身就忘了是9点还是9会议室，只好又追问一遍，人家再重复说给我。我使劲地记着，还写在纸上。结果，第二天还是给忘了。好在这会不是非我去不可。到了下午，心里总觉得好像有个什么事没做，却怎么也想不起来是什么事儿，随手写的那张纸条也不知跑哪去了。

我不再喜欢逛商场。入冬以来，很少去商场。即使逛商场也是为给女儿买，很少再关注自己，给自己买。曾几何，一到星期天，就往商场里扎，逛上一整天都不觉累。如今，一到商场就烦，心说，快走吧，没啥好买的。

我去超市前一定在家写好纸条。作为家庭主妇，尽管我家目前只我一人，但星期六或日，超市是不得不去的。以前我不用写纸条，要买的东西都在脑袋里。现在不行，不开单子，到了超市就瞎转，想不起要买的东西。把自己急得一头汗不要紧，到最后，不是缺这就是少那。因此，现在每次去超市，先列好清单，免得手足无措。

我听不得孩子哭闹。如果在路上看见有小孩儿哭，一定要停下脚步，先观察这个小孩，以及他的家长，然后或去哄孩子，或是给家长支招儿。我也不知道自己为什么变得这么热衷于管孩子的事，无论是自己的孩子还是别人的孩子。

我喜欢过有规律的生活。女人衰老从不能熬夜开始。年轻那会儿，遇上一天只睡四五小时的时候，即便是熬了一个通宵也不要紧，只要不再连轴转，照样可以精神抖擞。现在不行了，精气神恢复很慢。睡眠对于女人非常重要，稍有不好，黑眼圈，暗皮肤，坏心情，统统找来。

唉，岁月无情，天若有情天亦老！人会衰老，对现实状态无奈感叹后，坦坦然然吧。

老来留长发

早上，光线柔美，手机拍下自己。真难看，却还是记录下来。拍照留给以后看，明年，后年，一定比不上现在年轻。再以后，闲时看这张照片，指不定会羡慕得直后悔，为什么不多拍点，挺年轻，怎么非说老呢！

每天照镜子，看着头发一天比一天长。年轻时没留过长发，老了老了，不想落下遗憾。于是，从春到夏再到秋，忍受炎热酷暑，总算熬上披肩发。

昨天与同事电梯碰面，一会儿，电话打来："长发很有味道，只是略显憔悴，嘻嘻！白发多了影响形象，何不遮掩一下？"谢了她的赞美和主意。固执地想，灰白头发也许正好反衬脸是年轻的。白发是岁月赠予的礼物，舍不得把它隐藏起来——"今朝一岁大家添，不是人间偏我老！"

决定留长发那会儿，犹豫两件事：不知道梳长发适不适合，怕长发洗起来麻烦。有天早上，一边洗发一边想，不知不觉头发已长过肩，如果中间不修剪的话，一定会更长。也没觉得头发长了就怎么不好洗呀，只是时间要多花一些！

在留长发的这一年里，有过很多次不能继续留的念头。特别是别人说，你留长发没有短发精神，而自己也认同这个说法的时候，就有些动摇。每当这时，我就去照镜子，看着镜子里的自己，像是对别人说：改变是一个慢慢的过程，要有耐心！

生活常有变，生命靠创造。做事情一旦养成一种习惯，就不觉得繁琐。比如，留长发，不可一蹴而就，要靠日积月累完成。而你也在不知不觉中，接受并认可头发一天天长长的事实，却又好像没什么变化一样。

Photo：长发，片刻。

睡着睡着就醒了

黑夜沉沉，睡着睡着忽然就醒了。睁开眼，没了睡意；闭上眼，恍惚中变成一只带翅膀、快乐会飞的猪。

像猪一样生活，是我一直都追求的，只是从前不知道不在意不理会而已。猪最大的特点就是能吃能睡没烦恼。我以前是一个不贪吃却能睡的人，一直希望保持的状态是每天早上醒来，赖在床上十分八分钟，抱着被子，看着金色的阳光从窗台一点点爬进屋，再等它将金色外衣一点点褪去。最难忘的是儿时夏天的清晨，半梦半醒间，一边听着鸟儿的鸣叫一边回味着甜蜜梦境。睁开眼睛，妈坐在床边，挥动手里的一把大蒲扇……后来，妈手中的大蒲扇变成了婆婆脸上的微笑，再后来是老公手里热乎乎的稀饭和鸡蛋……

不知不觉中贪睡的日子慢慢减少，特别是人到中年以后，渐渐感到身上有了很重的担子。妈和婆婆都已七十多岁，该是我呵护她们的时候了。老公外出学习差不多已有一年时间，彼此忍受相隔万里的煎熬。女儿去美国读书，时时牵扯我的心。除了老人、家庭和孩子之外，工作上也来不得半点马虎……

生活总会出现转弯处，当一个人面对困难时，再坚强的人也难免有些慌张和害怕，况且

我还不是一个十分坚强的人。再者，人跟猪的最大不同在于人有智慧，而猪没有。智慧是什么？智慧是解决问题的办法，办法需要开动脑筋。

庆幸自己能睡着睡着就醒过来，这总比睡着睡着，就过去了，不知好上多少倍。

Photo：任何姿态，都有往事。

生死淡

人生有两大节点——生与死。谈论生，无限欢乐；面对死，充满恐惧。原本，生与死是生命旅程的起点和终点，不是什么复杂事儿。但，人生难料，来有时而去无踪。对于死，只知道有终点，却不知道终点是什么时候，在什么地方。因此，死，总叫人不敢面对，难以接受。

我特不能忍受的死，是被无辜剥夺生命。据媒体报道，2010年8月6日，现年36岁的华裔女医生吴凯伦，在为阿富汗偏远地区居民提供医疗救助过程中被枪杀，同时遇害的还有7名来自美国和德国的医疗队成员，以及两名阿富汗翻译。这样不幸的消息让人极其愤怒。

事后，吴凯伦的父母发表了悼念英雄女儿的声明。他们说，虽然吴凯伦英年早逝，一生却丰富多彩，富有意义。“她立志于尽自己所能带来改变，她是一个真英雄。即使面对恐惧，她也从不退缩。”回顾女儿短暂的一生，父母充满了骄傲：“凯伦，你兼具智慧和美丽，充满活力，心地单纯。你的一生丰富多彩，舞蹈家、模特、杂技、医生、人道援助工作者，不论你做什么，都充满激情。”

看到这里，不能不叫人肃然起敬：吴凯伦的崇高理想，勇敢和坚定的工作热情，令我钦佩。而她父母的包容胸怀，从容和淡定的处事态度，令我赞叹。

吴凯伦在启程前就已经预料到此次救助工作的危险和艰难，她在博客里写道：“这段

长途跋涉不会轻松，需要三个星期，期间很多路必须步行或骑马，因为车辆都无法在崎岖的山路上行驶。完成这段旅程，需要很多物质和精神上的意志，也会遇到风险，然而我想医疗救助服务是最重要的事。为了帮助那些最需要帮助的人，所有的付出都是值得的。”

关于生的意义，吴凯伦觉得只要是有人需要帮助，就是拿生命去换取也值得。

Photo：生的佳境 ，激情和淡定。

吴凯伦不幸遇害，她的父母表现出了异常的淡定。他们发表声明，为女儿祭奠。他们没有丝毫的抱怨，他们没有不必要的眼泪，他们甚至不肯用言辞来刺激敌人。他们只把对女儿深切的爱和由衷的赞美，一遍遍轻声说给风儿，让风儿带到世界的每一个角落，希望激励更多的人献出爱心，而非持续仇恨。

深切怀念吴凯伦。我开始问自己一个问题："怎样生，如何死？"无论是生还是死，淡定应对，从容人生。

Photo：不一定一定要说：我生长得萌或涩。沉静着。

放下，活

阅读素黑的《好好爱自己》，书里说："世上没有不能失去的，除了内心的自由。"

人，最最害怕失去的，如金钱、爱情、幸福、亲人、朋友等等，这些都属于形式的、外在的，而内心的自由，才是不应该放下的，却往往得不到发挥，甚至被忽略。

内心自由不是与生俱来的，是要靠后天点滴培养，在不断的爱中修行得来。修炼过程，首先是打开内心，勇于接纳。无论遇到什么样的事，无论问题有多复杂，都不可以放弃，要勇敢面对，但最终还是选择放下。放弃与放下，一字之差，但能量不同。放弃的结果，是把自身的能量丢掉；而放下的结果，是将自身的能量转换成一种新的方式，回送自体，增强动力。

人不沉溺于过去，一切向前看。人为什么痛苦，是因为有回忆。无论是美好的，还是伤心的，总让人深陷其中，无法自拔。越回忆，越沉溺；越制造氛围，越感受伤痛太多。舍不得放下，无法开始新生活，最后如素黑所说"宁愿受苦，也不想改善自己的固执"，只好在执著的固守中死去。

要身随心，心随性，释放心灵的力量。中国首席女法医王雪梅说："人生就是上帝赐予我们的一场漫游人间的旅行。"在王雪梅心里，活着是一件比什么都美好的事情。素黑也说，"不要说得不到爱，能活着已是爱"，但很多人却享受不到如王雪梅所说的浪漫

Photo： 都是平常人生，平常风景。

人生旅行，更不明白素黑文字里爱的意义。

生活是什么？生活就是生命活动的轨迹。刚刚过去的生命活动，以记忆的方式存留下来，变成回忆，或美好，或不幸。而回忆是什么？是过去了的事情，过去了的就意味着死亡，还没到来的生活是明天，明天谁也不知道怎样，任凭你自由想象。

素黑提示："破坏平静的，永远是自己的心。"

小孩子通常在跌倒后不顾及任何眼神，勇敢地爬起来，而成年人因为害怕被嘲笑，倒地之后顺势改变了生存姿势，所以孩子一天天快乐地长大，成人却一天天痛苦地衰老。但，人生的结果总是公平的。出生的时候，因为有欲望，所以是攥着拳头来的。而死去的时候，因为放下了所有，所以是伸开双手的。

Photo：即使惊艳，也要藏在绿叶之下面。

季节思

天高，日朗；云淡，风清。

午间，绿荫下寻秋。一个人踱步，心有旁骛。不远处，年轻男子手持弹弓，瞄准树梢儿上的一片树叶。我下意识止步，想看到一个结果。男子的子弹“嗖”地射出弹堂，却没见树叶落下。男子又掏出一颗子弹，放在弓上，继续瞄准。我猜他已逗留多时，尽管满头是汗，却也不肯罢休。忽然间被一种执著召唤。人的一生，曾有过多少次不服输的经历？尽管偶尔也会选择放下。就在刚才，心头曾闪过一丝念头：每个人都有怀揣梦想的年龄，很希望年轻男子击中那片树叶，这是件很快乐的事。

秋天蝉鸣与盛夏蝉鸣没太关注过，所以不知差别在哪儿。正走着，传来阵阵低缓而长长的鸣响。记忆中，夏天的蝉鸣，声音响而脆，节奏短而急，既好听也刺耳。蝉鸣响起来旋即划破天空，一旦停止立马鸦雀无声。正在怀想，举头观望，声音像是来自右侧，那里有颗高大的白杨树。但我最终还是不能确定，那阵阵鸣叫是不是一定是蝉鸣。这片绿地紧邻二环主路，飞驰而过的汽车，让我早已分不清是蝉鸣还是车鸣。不过，还是有让我分清楚的时刻，那就是隆冬初春时分，不必等到夜深人静，这时节的空地上是不会有蝉鸣的。只有等到又一年的夏天，蝉又会鸣响起来。

四季轮回于天地间，人也是吗？佛说：是！但我看书知道，投胎之前是要饮忘川水的。忘川水要比忘情水厉害，前世的事情一概忘却。真如此，轮回对世人有什么意义呢？再

说，真的投胎做了牛马，牛马就一定比人活得痛苦吗?

今早洗漱，从镜子里看到自己，又老了！人总是要老的！

每一个秋天，都让我不由自主地遐想。四季中，我独爱秋天，她的美，多姿多彩。纵使岁月给我一丝忧伤，那又何妨? 我脸上的皱纹，不过是表示曾经有过笑容的地方。

Photo：我在这里，天、树和叶，都有挡不住的色彩。

无选择的选择

岁月从不给人选择的机会，而无选择的选择，也许就是无奈。 岁月从不停止游走的脚步，总在岸上无情地牵着河里的浮生，不管你跟得上跟不上。

严冬岁末，很容易做的事就是翻找记忆的皱褶。情不自禁间，总被一些难舍的情绪纠缠，而经她们反反复复地揉搓和搅拌，慢慢汇聚成山，又在顷刻间摔成碎片，弥散风中，无影无踪……

无论怎样不舍，难舍，岁月消逝，无力改变。记忆就像一只漏斗，滤出美好，留待品味。关于过去的一年，记忆中最深刻的不是一些闪亮的日子，而是平凡但却打动人心的话语。特别是冬至那天，一条短信盈满内心："晚上吃饺子的时候，先替你尝鲜！"呵呵！与众不同的祝福，平常得如同白开水，淡而有味。回味间，一种甜蜜的冲动，合着饺子的香气，漫过嘴角，滑过肠胃，流转血脉，直抵心房……

有温度的惦念，就在寒冷的冬季无声绽放，让人体会温暖的同时，更觉得金贵。冬至是一年中黑夜最长的一天，可是，有一份来自朋友贴心贴肺的关爱，再漫长的夜晚也经得住等待。

有等待的日子会留下不舍。还要不要像从前一样执著于事？还要不要像年轻时一样永不言败？西方谚语说：当上帝向你关闭一扇门的时候，同时会为你打开一扇窗。

每个人都希望得到，什么是得？怎样得？得什么？这一年，我开始思考问题，而最有收获的是学着放下。能放下，才能舍弃。舍得，舍得，舍在前，得在后，有舍才有得。

Photo：低沉在自己的土壤里。

图之一

Grass

一草

敬畏九寨

慕名九寨已久，终于成行。

九寨沟位于四川省阿坝藏族羌族自治州境内，是长江水系嘉陵江白水河的一条支流，因有九个藏族村落而得名。

有着天堂美誉的九寨缠绵于崇山峻岭之间，在与世隔绝的时空中变幻着不朽的容颜。无论用多少美丽的词汇来赞叹她的姿态都不为过，但任何语言也无法涵盖她的遗世独立。她的气质，无法用字句来描绘，更无法给出定义。此时，所有的评价都显得苍白无力，此景只应天上有，人间哪得几回闻！

九寨的诱惑在于自然之永恒。当眼睛邂逅九寨，心情遭遇风景，陡然间，心潮停止了起伏，心跳失去了节律。尘世间所有恩怨，所有不舍，所有快乐都在那一刻凝结成霜。不再计较，不再纠缠，不再徘徊，敬畏之中让美丽生成了永恒。

不再像以往拿着相机，咔嚓、咔嚓按动快门，在大自然的魅力中，我乖乖地低下了头。敬仰九寨的山、水、树和风景，恨不能与之融为一体。那种无语的喜悦，那种震撼的惊诧，那种深切的回归，那种切肤的感动，瞬间涌入胸膛，仿佛重新来到世界上……于是，我相信瞬间可以变成永恒。

世间无论多么美好的风景，总有告别的时刻。流连九寨，身陷其中，就在转身离去的时候，意想不到的情愫油然而生：让心停下来吧，寄放于此。

春天的原始森林

在玉龙雪山脚下，有一块被周围的原始云杉林紧紧包裹着的巨大草坪——云杉坪。传说云杉坪是纳西族第一对情人殉情之地，土语称云杉坪为“游午阁”，即“情死之地”，又名锦绣谷，海拔3240米。

这里的春天幽静，美妙，穿行于原始森林，仿佛人间仙境一般。那些老树的树根处有微场景。

北京公园里的落英缤纷

同是树根之处，这是北京龙潭公园那个春天时的样子。

那些对比，小到树根处的场景，一个是山里的，一个是城里的。现实的生活里，这样的对比更深刻。

花瓣落地的声音

一场春雨裹挟黄土，恣意来袭。没带伞。黑皮鞋一千个不情愿，可看似细弱的泥点儿，还是强行热吻。

斑剥的鞋面，放任泥点儿的多情，待避风之处，抹布轻松一擦，打上油彩，皮鞋崭新如初。

然而，花朵儿却没那么幸运。

青草渐茵，桃花吐蕊。忽然赶过一阵雷声，风儿左右摇摆。恣情春雨的狂妄，擅自惊醒春梦中的花瓣儿。慌不择路之时，花瓣儿连同花朵儿，飘然欲仙。不断下落，下落，最终，回归泥土。

雨停后，想象被雨淋过的桃花儿，一定妖娆。但却出人意料，一些花瓣儿，随风散落在树根下、青草旁，有的还是一整朵儿呢！

开始替花瓣儿惋惜，并对多情小雨萌生些许埋怨：她们还没老到凋零！光泽依旧，色彩依然，却又为何遭此劫难？

正怜惜，透过镜头，发现落入草丛中，抑或是泥土里，她们一样带着曾经的微笑，一样安静、素雅、慈祥、美丽、厚重、随缘，目光里没了怒放的招摇，却也多了几分成熟的稳健。

开在春天，她们还冬天寒冷肃杀一个清白；融入草丛，她们让绿色结出希望果实；回报泥土，她们给褐色枯萎带来亮丽。

此刻，想到一句诗：“哪怕睡在田野里，哪怕现在就悄然逝去。”

无论在哪里，无论活多久，人也好，花也罢，精彩、自信、快乐，足够了。我听见了——花瓣儿落地的声音！

春雪：昙花一现

春天里的一场雪，9时至11时，金子般的光线，太阳下，雪们泪飞顿作倾盆雨……雪花经不起等待，转眼即逝。

树简洁，纯净，有型，跟洁白无瑕的雪刚好相拥相衬——雪花飞落树的怀抱，树杈欣喜地张开手臂，带着热情。很像人，你倚我迎。

有云的日子有风景

北京的春天，偶尔倒春寒。

刚到水边，站在岸头，冷风似利剑，穿透夹袄，浑身打颤。我将帽子扣紧了紧，做了一个180度的大转身。背对水面那一刻，抬头望见刺眼的阳光，美丽的云朵，还有高大的古树。逆光下的树干是那么的刚毅，飘浮的白云不断幻化美丽的天空。

雨荷

有一种花，我以为懂得，其实不一定。
对于荷花，一直停留在“出淤泥而不染”的认识。想到荷，自然就想到洁身自好、清高孤傲的品性。不过，现实生活中，又有多少人可以“濯清莲而不妖”呢？北京下了几天连阴雨后，我闲暇去赏、去探、去拍雨后的荷花。

一池的绿伞，呵呵！大大小小、高高低低撑破了天。伞下，一株粉红的莲儿打着羞涩的朵儿，静悄悄地伫立。只看她一眼，就一眼，顿生怜爱。她生来就这样默默地站在水中守望，一生一世的守望啊！

雨后的光线算不上明媚，却也足够照亮那把倒立着的大伞。而那叶脉，清晰而坚挺如骨骼，为身旁的莲儿擎起一片天，遮风挡雨。他们无声无息地相伴，宛如一对老夫妻，走过流年似水，尽在不言中。

有时候

有时候，心会软软的湿，无名的牵挂，无语的默然。
有时候，心会坚坚的硬，执拗的不改，无休的折腾。

比花似花

看到花就以为是春天？镜头里可不一定。当你发现有比花更像花的事物时，你是平和的，淡定的。其间，心态决定所有。

那树

为什么拍树？因为没有人等我，只有树永远在那里。那些情态和身姿，并不比人差，而又更为安静和单一，让人全心欢喜。

随风

初春柳枝随风，这是温和的一种树。活着，要随风的时候其实很多，只是常常不能领悟。随风，随出美丽、舒适和自在，那是多好的修行。

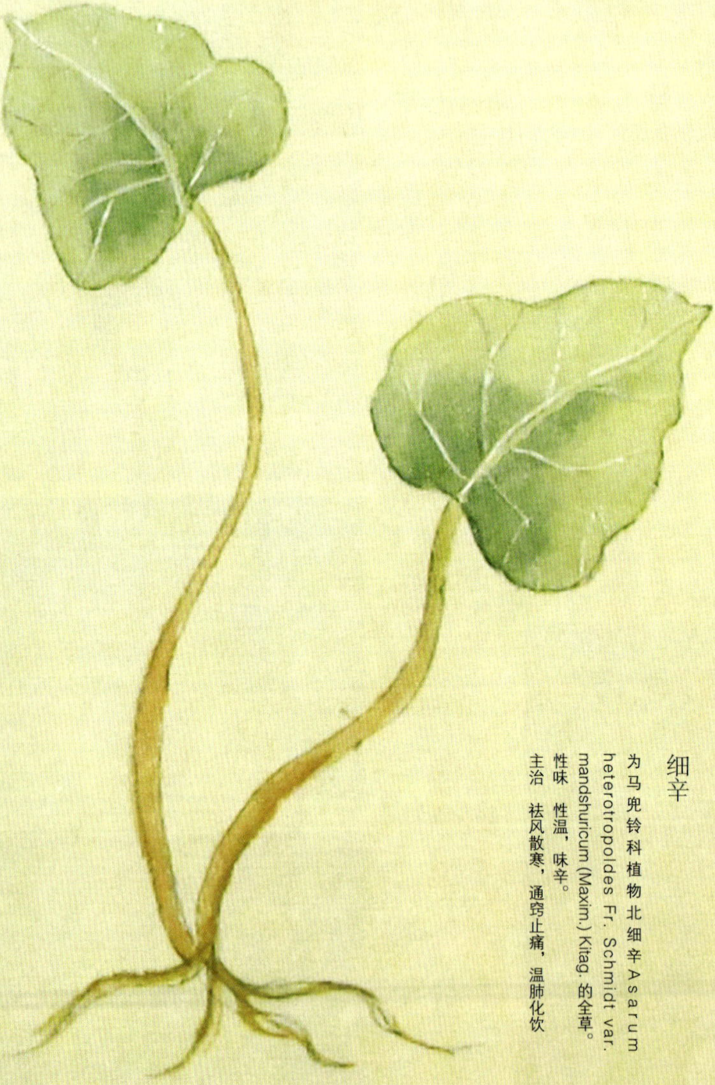

细辛

为马兜铃科植物北细辛Asarum heterotropoides Fr. Schmidt var. mandshuricum (Maxim.) Kitag. 的全草。

性味　性温，味辛。

主治　祛风散寒，通窍止痛，温肺化饮

第二章
Lukemarm

微温

调气解郁，祛风散寒

方便面一样的想念

入冬以后，北京最冷的一天。下班时，一阵冷风顺着脖子直灌心口。行色匆忙的赶路人默无声息，脚步加快。

好冷啊！我一边走一边想，晚上该吃点热乎乎的东西驱驱寒？想了一路，快到家门口时，路过一家牛肉面馆，里面坐满了人。犹豫片刻，还是回了家。一个人吃饭总想对付。下一包康师傅牛肉面，打两个荷包蛋，再放进些西红柿和紫菜，还有虾皮。嗯，好香啊！

清冷，一个人，捧起热气腾腾的一大碗康师傅牛肉面。不一会儿，额头热乎起来，一大碗面快要吃完，微弱的汗也开始渗出来，少有的“汤足面饱”的快感潮涌而来。

坐在饭桌旁，没了动一动的力气。顺手将碗筷推到一边，呆呆地看着对面墙上小东西的照片。小东西笑眯眯地望着我不说话，又好像在默默地嘲笑我：“妈也有没出息的时候啊，哈哈！”

下意识看了一下表，大约是美国的早上5点钟，小东西还没有起床呢！如果再过两小时她起来，早餐会吃什么呢？会不会也煮包康师傅牛肉面呢？我知道小东西也像我一样，说不上喜欢方便面，但长时间不吃，肯定会想。

记不得什么时候第一次吃方便面，但记得是八十年代初，一个叫“华丰”的品牌。鲜黄色的塑料包装袋，一块60克左右的面饼，硬硬的，弯曲着盘踞。还有一个纯白色的佐料包，好像有红色“华丰伊面”字样，很干净，很单纯。那个时候，我正上大学，偶尔改善伙食，就买两包华丰伊面，像做贼一样，偷偷用电炉子煮，再放一个鸡蛋。最害怕煮出香味来，让管理员闻到，罚款不说，还要通报批评！不想提心吊胆，所以绝大多数时候打回开水，泡面吃。

记忆最深刻的一次方便面情节，是元旦跟老公一起回公婆家。早上出发，天开始下雪，越走越大，眼看着火车要开不动了，终于在离我的目的地不到30公里的两站之间停下来，前不着村后不着店。鹅毛大雪纷纷扬扬继续下，广播里说，停车时间不确定，请旅客在座位上耐心等待。差不多快两个小时，火车仍然不动。早上出门早，吃的那点东西早都没了。老公拿出自带方便面，舍不得水杯里剩下的那点凉水（怕找不到热水），艰难穿过一节又一节列车，但始终没接到一口热水。无奈之中，他去了餐车，先亮自己铁路职工身份，进而告诉人家自己是车辆制造厂的工程师，可以提供火车专用的三角钥匙（当时在铁路有钥匙可是一种特权呢）。聊到最后，端着满满一杯凉水回到我身边。

我在周围人羡慕的眼光中，就着凉水，有滋有味地吃起方便面。那也是我第一次干吃方便面，真的好吃，特别有味道……

女儿小时候最爱吃“小浣熊干脆面”，喜欢收藏赠送的贴纸。每包干脆面里都有一个贴纸，也许不一样，也许一样，但要集齐全套七张，可费尽了劲。吃了N包不说，有时候就为看包里是不是要找的，撕开看一眼，朝桌上一扔，再开下一包。尽管如此，好像最后也没成功集齐，但她依然爱干吃。直到上了高中，我会在她学习累了的时候，煮一碗康师傅经典红烧牛肉面。她闻到香味，悄悄走进厨房，笑着说，老妈煮的面就是有味道。

也有很长一段时间，我拒吃方便面，因为宣传说那东西没营养，有防腐剂，是垃圾食品，影响身体健康。可有些时候，留在你生活中的记忆，还有伴你成长的事物，总在不经意间造访，而你也会情不自禁地想念。

如同方便面一样的想念，就在这个寒冷的冬天，弥漫开来……

Photo：灰黑或粉绿，向荷学习多色人生。

酱油拌饭

起床。吃啥？好像从昨晚就开始想，一直想到早上。坐在餐桌旁，没胃口，更想不出吃啥。

依惯性，煮了白米粥。长长的米粒在敞开盖的锅里，“咕噜噜”冒气泡，发着响声，喷发香气。

许多事习以为常，不想吃就是不想吃。但身体第一，吃不吃由不得性子。

盛好稀粥，愣神儿等它凉下来。常吃的几样咸菜，咸花生米，还有煎蛋，懒得看。无奈中瞥见酱油瓶，即刻心动。

打开瓶盖闻一闻，嗯，还不错，颇有小时候的味道。于是，轻轻倒几滴在白米粥里。酱色慢慢散开，浸润着白色，迅速填满缝隙。又倒了一些，用筷子搅拌。哈，酱油拌饭真香！

如此简单地快乐起来，出乎意料，不在情理。可不是吗？快乐就应该轻而易举——像酱油拌饭一样单纯，只是有时候成人把它神秘化了，做复杂了。

Photo：什么是随遇而安的心情。

鸡蛋『破』

呵呵，一只鸡蛋破了，总有原因，有必要追问吗？破就破了，何必明白？可我不行。

前些天腌了一些咸鸡蛋，忘了放姜，偶然想起，指使老公切些姜片放进去。人有时候总是怀有好奇心，把该做的事做完了还不满足，就又自找麻烦。贪玩（与年龄无关）的老公放完姜片并没有起身离开，而是蹲在地上开始翻腾坛子里的鸡蛋，上上下下，左左右右，也不怕把脚给蹲麻了。“玩”了好一会儿，最后，捧着一个鸡蛋来到我面前。我没明白什么意思，猜想心急要吃，就说：“还没咸呢，再忍半个月吧！”老公笑着说：“不是，我发现这只鸡蛋早就破了，清儿流掉了一半。你看，多轻。”老公振振有辞，边说边掂量手里的鸡蛋。

所有鸡蛋都是俺一个一个亲手洗干净，小心翼翼地放进去的，破没破俺还没数？瞟老公一眼，想都不想，随口就说：“早就破了？鬼才相信，肯定是你刚给弄破的！”

老公大笑，“哈，我就知道什么也瞒不过老婆的火眼金睛！”被老公这么一揶揄，自然不好意思，立即脸红到耳根，暗自骂道：“多大的事儿，用得着这么认真？一点面子都不给。呵呵！”

老公拿着鸡蛋进了厨房，就像什么事都没发生一样。他从不跟我这号认死理的人较劲儿，更不会为我揭穿他编造的鬼话而感到没面子。每当类似的生活场景出现时，他常常会自我解嘲说：“老婆，你真行！眼虽小，利如鹰，绝不放掉一个可追溯的疑点，跟福尔摩斯有一拼！”

从前的我总会因为自己没有被糊弄过去，或者说心明眼亮，而沾沾自喜。可这次却不同，潜意识里希望自己无所谓些，不要对什么事都那么敏感。为什么非要快嘴说那只鸡蛋是老公刚刚打破的呢？为什么不能接受一个善意的谎言呢？

一只鸡蛋被谁弄破的，不是我要求证的事实。况且，我也不是一个非要纠缠小事的人！只是，想挑战一下自我，看看性格中的处事方式可不可以改变？假如当时我心不在焉地回答老公：“是吗？破就破了吧，没事儿！或者说，是吗？那你把破了的那个拣出来吧！”如果我这样回答，老公肯定会奇怪，会陌生，会不相信是我说的。但是，任何人都不喜欢听指责的话。本来嘛，生活本身就应该是轻轻松松的，不给自己设置障碍，也不给别人增加阻力。

鸡蛋“破”，实质脆弱得如一枚“蛋”的我们，彼此学着装傻、糊涂，才是美丽。

Photo：画面中的画面。

光着脚丫走来走去

女儿一进家门，喜欢随手放书包，脱衣服，甩鞋子，扔袜子……总之是要把身上多余的东西卸得七零八落。我总是在后面给她拣拾，还经常告诫她要有规矩地放在衣架上，不应该天女散花似的到处撒，等下次穿的时候就找不到。这话说了不知道多少遍，她依然故我。

女儿去年从美国回来的时候，把这习惯又升格了——脱了袜子连拖鞋也不穿了，光着脚丫子，吧唧吧唧地在地上走来走去。我去年12月份去美国看她的时候，尽管是冬天，她也是光着脚丫子。我怕她着凉，还不厌其烦地劝她穿拖鞋，并把拖鞋递到她脚下……今年她回来，还是那个老样子，可我却没再多说什么，因为在此之前，我问过一个在美国长大的中国孩子，他说他们在家都是光着脚的呀，这很正常。我又问，那在宾馆呢？他不加思考地回答，跟家一样！

我明白了这是生活习惯，她既然生活在美国就要适应那里的方式。而有些生活方式，在相同的条件和环境下也是可以模仿和体验的。

北京的夏天很热，有一天，我也学着小东西的样子，在家光着脚丫走路。呵呵，那种piapia的感觉真的爽，很奇妙！每个人都是光着脚丫来到这个世界上的，特别是在我们年幼的时候，有更多的机会是光着脚丫的。人生的开始是光着两只小脚丫蹒跚学步的。当我们一天天在父母的陪伴下，光着脚丫在地上走，感受沙的温热，草的轻柔，还有水的缠绵的时候，我们开始渐渐长大。长大后，因为要远行，要文明，所以，才穿上了鞋子。然而当走的路多了、远了，便有了跋涉后的痛苦。这时便开始怀念小时候那种无拘无束，光着脚丫走路的洒脱与快乐……

受女儿的启发，我也光着脚走来走去。

Photo：想成为那光线下的小羊。

Photo： 平白的清唱。

一个人的家

Photo： 宛若停止。

走了大半月，昨天晚上终于回到家。明知家里不会有人等，可还是迫不及待地打开房门。家里安静得没有一息生气，如同那天一个人走的时候，不声不响。

把门外的箱包一个个拎进门，随手打开电灯，眼前立刻明亮起来，鼻子闻到了家的味道。那是一种独特的味道，只有这个家里的人，才能体会到。

女人最要命的是不管多累多苦，一回到家立马投入洗洗涮涮。冲了一个热水澡，感觉浑身上下哪哪儿都舒展开来。尽管早上刚刚在宾馆洗过，但还是觉得只有在家才洗得干净、彻底。

把所有带去的衣服统统拿出来，连同刚刚脱下的衣服，必须马上洗，一刻也不能忍受烟味和酒味以及尘土混合在一起散发出的令人作呕的怪味。

洗衣机转动起来后，把家里的音响调到小得不能再小的声音，一边擦地一边反复听，听也听不够的钢琴曲。差不多折腾三小时，躺下去，连个梦都没来得及做，就到了今天早上九点……

北京的深秋就是好，一大早就阳光灿烂。走之前晒在窗台上的那包妈从老家捎来的松籽，已经干透了可以炒吃；婆婆打电话说，冰箱里有一大袋山楂是她前天放进去的，趁新鲜赶紧吃。

上了女儿的博客，发现她的自拍照。她长大了，也成熟了，不由得一阵感慨！女儿再一次离开我去美国读大学，已有三个月了。送走女儿，老公也去国外学习，家里一直就我一人。

一个人坐在电脑旁，一遍遍看女儿博客上的照片，秋日温暖的阳光照在屋里更照在心上，一个人的时候难免会有些冷清和孤单，但却没有感到寂寞和孤独，放下不开心不快乐的事情，一个人的家没有理由不温暖！

不做饭不工作不洗脸的日子

这是什么日子呀
恍惚中回到了过去的时光
过去的时光不会倒流
从前的生活正被一遍遍复制

三十年前，根本不用想做饭做工作的事情
三十年后，努力淡化必须做饭做工作的概念
只想玩只想乐只想闲着吃好吃东西的岁月
应该就是青少年的时代吧
但现在的我
在仲秋过上不做饭不工作不洗脸的生活

CD传唱弥久不衰的老歌
电话响不过十声不接
不涮碗不擦地更不要洗衣服
肚子叫了外卖送到家
躺着无聊翻身做做保健操
睡不着埋在沙发里看电影
捧本闲书竟然想着书外的人和事
出神入化的“走私”也是一种情趣
去看窗外来来往往的车马
打开窗子微风不免乘虚而入
清爽沁人的空气来了又走
贪恋景致的痴人免不了自投秋的陷阱

还好只给三天慵懒时光
三天真的很奢侈

美味不可多得

秋天是吃大闸蟹的季节，蒸罢，揭盖，满屋飘香。一个人在家自然可以放浪形骸——盘腿，坐沙发，抱一盆蟹在怀里。眼瞟电视，咂摸嘴——如此快乐地享受“独食”，许久都不曾体验。吃了多长时间记不得，只觉得头有些晕，胃有些腻，肠子也发出了咕噜的响声。懒懒的动不得，放盆于桌上。呵呵，一大堆蟹壳竟吓了自己一跳！

吃蟹的季节，谁能抵挡得住美味的诱惑，更何况如此鲜嫩的阳澄湖大闸蟹！心一旦妥协，嘴巴也就无所畏惧……直了腰，再委身，继续贪婪地吃，反正吃到肚里比放着坏了强，呵呵。

小时候，喜欢吃的东西一般都很难吃得到，像螃蟹这样的东西，偶尔才能吃到一次，顶多也就是尝尝鲜而已。所以，等到物质生活极大丰富了之后，基本上想吃什么就能吃到什么，想怎么吃就怎么吃的时候，就给自己定了一个目标：阅尽人间春色，尝遍天下美食。

放纵的代价是第二天病倒，浑身没劲儿，头晕目眩。最不能忍受的是螃蟹味，一闻就想吐，发誓以后不再吃它。一个人不吃不喝躺在床上，安静地想：那么好吃诱人的螃蟹，为什么会让人生病？生了病以后，会产生厌恶吗？可不可以好了伤疤忘了疼呢？当然好了伤疤忘了疼，美味不可多得，还吃，呵呵。

网购

北京渐渐凉了，树叶纷纷散落，女儿所在的美国得克萨斯州也已进入秋季。

周末，京城各大商场忙于打折，一个下午提了两大包战利品回来，哈！全是给小东西买的：一件帽衫，一条仔裤，一双休闲鞋，外加一个电脑包。

也不知道小东西喜欢不？寄去思念，也能遮风挡雨。呵呵！给小东西买衣服，一向不敢擅自做主。她很挑剔，从小个性——不喜欢就是不喜欢！

从小学开始，小东西就坚持自己选衣服、帽子、鞋子，还有一切文化学习用具。初高中阶段，每天必须穿校服，只剩鞋子要自己来选，再就是选各种各样的参考书。我多半陪她买鞋，而她爸陪她挑书。她曾经老看一本叫《尺码》的杂志，我担心影响学习，还经常把杂志藏起来，然后若无其事地帮她找。呵呵！

陪她买得最多的鞋子是耐克和阿迪，差不多有N双。有些款式能接受，有些根本不入眼，可她喜欢，我也就让她高兴。去美国之后，差不多四年来，吃穿用都由她自己置办。她买最多的还是鞋子，至少也有N双，这还是我数得着的，还有不知道的呢！她说在美国，这两个品牌比国内便宜，在网上买更划算。她已经习惯了网购，足不出户，十分方便。

上星期五，跟小东西网上聊天，她说最近一直关注网上的品牌衣服，看好几件，想买，但总觉得价格高了些，所以，等待感恩节降价再说。我劝她不必考虑那么多，喜欢就买吧，钱以后再挣。小东西说，前天已经开始降价了，昨天降到60%，她还想再等。我说，降利40%已经不少了，要考虑这件衣服的成本。再者，即便还能降一些，如果没有自己要的款式、尺码，那也不成啊！小东西坚定地说，那我也等，没有就没有吧，不后悔！我说，好，把握时机，祝你成功！

过了几天，小东西给我发来照片，是她在网上订的几件服装，还有一副墨镜。她得意地说这几样加起来的价格也不过就相当于一件衣服的原价。

还没等照片全传过来，我就连连说不错，有眼光。小东西郁闷地说："你都没看，就说好，太假了吧！"我立马回道，"不是的，不管东西好不好，只要是你自己决定的，敢出手，就鼓励和支持！"小东西听了，觉得有道理，美滋滋地笑说："这还差不多！"

小东西已经习惯了网上生活，误以为网购，中国等同于美国。暑假，她刚回国就忍不住上网下订单。有天她不在家，"咚咚咚"，一阵短促的敲门声，我慌张询问："谁呀？""快递公司送邮件！"打开门，看见包裹写着女儿的名字。"这个不听话的小东西，还以为是在美国呢！"我心里埋怨道。打电话给她，核实之后，替她拆开，签收，是几件T恤。

小东西回家，兴高采烈问我，衣服好看吗？我没吭声，只摇了摇头。她笑着说："别呀，给个面子嘛！"我递她自己看，她一声不响回了房间。吃饭的时候，她问我："你是不是从来都不网购？美国人总精不过中国人，网上登出什么样的照片，实际货品就会是什么样，很少有水分！唉，这就是美国人，人品爆发啦！"

我爱苹果

自认为不喜新厌旧，那是矫情，只看了一眼iphone4，便起了占有私心，猫抓心一样的痒，怎么也抑制不住。

黑色与银灰搭配，不炫、不躁、不腻、不淫。细而长的机身，轻握于手，不飘、不坠、不滑、不涩，仿佛掌中之宝。那天，朋友用了一款新型苹果手机，只那么一晃，我就喜欢上了。见我眼热，问要不要帮忙预订一个，我很不着调地笑他多此一举："买手机还要预订？""当然！"朋友笑我老土，"此款手机相当火，上市前夜，人比手机还多。很多人排了一整夜队，可最惨的是到头来两手空空。"我半信半疑。跟女儿聊天时，问她喜欢iphone4吗？她毫不迟疑，"超喜欢！"女儿说好的东西，一定是好。

又过了几日，收到一条彩信，是一个60多岁的大朋友发来的，说刚从网上下载的图片，还学会了彩信功能，先发给我尝试一下。哈，我乐了！好一个又潮又IN的老爷子！

手机买到手却高兴不起来。苹果手机与其他品牌手机不一样，要自己动手，才能丰衣足食。首先是上苹果的官网，下载"itunes"，然后再在Mac或PC上进行安装。哎，我就怕这个。我那点计算机水平怎么能应对得了呢？不过，太喜欢苹果啦！只要是自己愿意做的，总会有好办法的。刚把软件下载了，新问题来了，这款手机要用联通号，而我是移动的号。去营业厅咨询，45元钱买一个号，很方便。

新手机还没摆弄明白，我已开始爱上那个有缺口的苹果，仿佛那一口是我咬下来的，它让我觉得，有趣的东西存在于生活的每时每刻。

时尚改变世界，创新改变一切，而且是一次再一次。

Photo：树下不只是个去处。

阅书忘忧

跟朋友说了件工作上的烦心事，听完他反问："喜欢谁的书啊？"我迟疑了半天，这哪儿跟哪儿呀！

"最近看了谁的？古今中外随便说两个。""给你推荐一个作家——冯唐。"

我在店书里找到了冯唐的书，他的新作是《活着活着就老了》。书名很有趣味，还透着哲理。我正是因为感觉到自己一天比一天变老，真的是老了，再也不会像年轻人那么有精力了之后，才会有工作上的烦心事。

其实，在冯唐的书里根本就找不到与我对症的解药，朋友当然也是明白的，可他还是推荐给我读。朋友说："读书可以养心。"

我是站了一下午，手捧着冯唐的那本书一边读一边感悟这个道理的。冯唐的书就像一条清澈而绵长的小溪，让我感觉到境界的高远，心态慢慢安静下来。

书读完了的时候，我收获了一个意想不到的结果：书的确是个好东西，而朋友更是个难得的好东西……

Photo：静看，明白一些。

成功，不成功

周末与朋友聚会，得知以前单位的一个同事去了，年仅42岁。说不上太惊讶，因他换肾许多年，一直坚强乐观地面对生活。

他得病那年，还不到30岁，事业正如日中天。妻子漂亮而贤惠，怕影响他工作，没要孩子。自他得病，十二年来，妻子与他相濡以沫，不离不弃。现在，他走了，孤苦伶仃的妻子，却要“相顾无言，惟有泪千行”。

大家沉默不语，别有一番滋味在心头。有人感叹命运的不公；有人提醒珍爱自己的生命；还有人否定成功，人为什么要成功？成功难道真是人活着的终极目标吗？如果成功了人却没了，又有什么意义呢？

最近网上流传一段王朔关于女儿的谈话：“我干嘛不对她宽容？我干嘛要对她严厉？我希望她干嘛呀？我什么都不希望她。我希望她快快乐乐过完一生，我不要她成功。我最恨这词儿了。什么成功，不就挣点钱，被SB们知道吗！”

王朔的话有道理，可我们做不到。有几个王朔呀，只一个，况且他成功过，他有钱有地位。而我们平民百姓，如果不奋斗，不成功，什么都没有。

没有成功过了的人，是不会看淡一些事情的。正因为爬上了顶峰，才一览众山小。贪嘴之人有个非常合理的借口：什么是减肥？首先要吃胖，不肥怎么减？成功也该如此，没有过追求，怎么可以看透。追求成功是一定的，但是，千万要注意身体健康。没有了身体，什么都没有。

Photo：那些容易忽略掉的。

傻是一辈子的事

中午在网上遇到了小东西，我问她吃饭了没？她说啥时候了还不吃饭（我的中午是小东西的晚上十点）？

我一边笑，一边打字回复道：哈哈，老妈真傻，总以为自己是白天你那儿也是白天！

“嘿嘿，傻是一辈子的事！”小东西回道。

我告诉她最近我又催问了她表哥，问什么时候去美国，好把她要的书带去。

Annie 说:不要催人家，这样不好。

Mom 说:想知道究竟咋回事。

Annie 说:你看，既然他回回都这么说，应该就是要等了。

Mom 说:等可以，但适当的时候还是要问一下。

Annie 说:你问他有什么用，他自己也决定不了。

Mom 说:可我也不能死等呀，要不然就给你寄去吧。

Annie 说:哦，那好，就是不能老去烦人家。

Mom 说:我知道，我是想让他知道我关心此事。

Annie 说:嗯，这个“度”要把握好。

Mom 说:我做事有时候不会把握“度”，你最好像我那样“执著”。

Annie 说:“执著”？？？搞笑吧！你那叫做“死心眼”，呵呵……

Mom 说:是吗？……有道理。那什么叫执著呀？告诉我！

Annie 说:“执著”也要适可而止。

Mom 说:说得对，顶。所以,我说要有“度”。

Annie 说:哈哈，这么简单的道理都不明白。

Mom 说: 是啊！我需要开导。我是认真说的。

Annie 说:……你都多大了~

Mom 说:这和大小没关系，是和人的学识与修养有关。

Annie 说:我的意思是这种东西在你18岁的时候就应该知道了，真可怜~

Mom 说:是呀,我现在就在补课。

Annie 说:你看我上初中就已经从图书馆里借《老狐狸做人》之类的书了。你不开窍，可能是命中注定的吧，像是一辈子的事。

Photo：岁月静好。

下一个二十年向你学

女儿把她新配的眼镜拿给我看。娘俩站在镜前。她小心翼翼戴上新配的眼镜，仔细观察镜中自己。我不动声色看着她。她边看镜中的自己，边问我："好看吗？"我笑笑说："挺文静的，好看！"

她默默站在镜前，看着镜子里的我，忽然想说话，可又没话了。我也看着镜中的她，渐渐觉察到那张年轻而生动的脸上闪过一丝愁云。她怯怯地窥视我，像是小声对自己，更像是一种请求："不想走了！"

"嗯，不走了。"我依她。"真的不走了？"她疑问中带着肯定再问。"留下来！"我再次肯定回答。我张开双臂，轻吻她饱满的额头，拥抱着她。她第一次不再像小时候那样防着我躲避我的亲吻，而是全心全意接受了我对她的爱。

我忽然觉得，再也舍不得将她一个人送到遥远的异国他乡求学。我希望她真的能留下来，我更希望每天都能看着她，陪伴她。2010年8月15日是女儿20岁的生日，过完生日，她又要一个人回美国。这几天，她一直说不想过生日。我明白她心里极其矛盾，就

顺着她的心思，淡化聚会和离愁别绪。我默默感受她不肯离去的背影，可她还是要走，如同20年前的今天，她挣扎着从母体里分离出来。一定得分离，只有分离，她才成为独立的个体。

就在此时，我忽然有种感悟，20年前的分离，仅仅给了她生命独立的物质基础，而后，父母、家庭、社会，20年培养和教育，今天的她，终于具备真正生存的能力和独立的资本。

想下一个20年里，我要做的，更多是向你学习。如果前20年里都是你当学生我当老师的话，这回该我当学生，你当老师了。我会虚心接受你的直言不讳，我会默默包容你的自以为是，我会欣然听从你的时尚建议，我会快乐倾听你的生活唠叨。总之，下一个20年，我把自己交给你，随意你怎样塑造。

Photo：最冷的时候，也许阳光就在不远处。

地铁口叫我阿姨的行乞男孩

晚上走到地铁站门口，一个坐在地上行乞的大男孩，看上去大约二十多岁，下肢好像很短，藏在裤管里看不到，只是感觉得到他没有双脚。他伸着手向每一个过往的行人乞讨，这种事情我见多了，所以，不当事儿。我走过时，大男孩用一种怪怪的带着口音的声音忽然叫了一声，阿姨！……后面的话我没听清楚。这样一个冷风嗖嗖的冬天傍晚，听得冰一样刺骨的祈求语句，感到浑身越发的冷起来，不由得加快了脚步，逃离现场。

第二天早上，在瑟瑟的寒风里，我又见了昨天晚上那个行乞男孩。他吃力地爬着，光着两条残缺的腿，膝盖绑了两块又脏又破的胶皮垫。他爬两步就抬起头注视一下走过身边的路人。我离他有十来米远，看见他后绕了一段路，本能地躲闪开。也不知道是出于什么原因，我又回望了他一眼。这一看不要紧，连带看到了自己内心深处的柔软。我自认为是一个心地善良的女人，但却不是一个能做善事的好人。以我标榜的思想境界来衡量，我应该伸手帮他

一把，而他确实也是一个需要帮助的人。可我却显得有些漠然。在他叫我阿姨的时候，我就应该意识到他需要我。如果说第一次错过是因为没有心理准备，可以原谅的话，那么，第二次呢？第二次我那么快地躲闪开来，无论如何也是不合适的。

还会不会给我第三次机会？希望这次能为他做些实际的帮助。其实帮他最简单的方法是给他一些钱，免得寒风中，他从早到晚把手伸向每一个路人。如果昨天晚上，我给足他今天的全部生活费，让他能吃上一口热乎的饭菜，他今天也许不用起那么早。这想法有些幼稚，帮他一时却帮不了一世。但我想，应该这样做。不管力量多微薄，有点亮光就有希望。

晚上,北京的气温降到了零下10度,是今冬最寒冷的一天。第二天，我来到地铁站时快七点了,我又看见了那个男孩,立即给了他十块钱。他感激得直说谢谢。他越这么说我越不好受，我凑到他跟前说，天这么冷，早点回去吧！

他一边拿我递给他的钱一边点头,仿佛很久没有听到这样的话。那一刻我也被自己的话惊住了，几秒钟后才回过神。其实,我能为他做的不应该只是给几块钱,但我现在却只能到此。

Photo：给予就是互相依存。

错单

下班去咖啡厅约见朋友。早到了很无聊，就为自己先点了一份套餐。看着菜单不知点哪道，目光终于停留在金黄银雪鱼咖哩饭上。一想到金灿灿的银雪鱼片，好有色彩感，欲望上升！

叫过服务生，问他："这份套餐包括什么？"

服务生指着菜单上垂涎欲滴的照片说："喏，就是这些。噢，对不起，这个图片是日式鳗鱼饭！不过，这是本店的特色餐，很多客人都喜欢！"

"什么口味？"我问。"甜咸。"

"噢！"我喜欢单一口味，又甜又咸很混沌。我坚持要了银雪鱼咖哩饭。

下单有一会了朋友才到。我给他点了只给女士优惠的咖啡。这店3月优待女人送咖啡，可我晚上不喝咖啡（怕睡不着觉），所以就转赠给朋友（有占便宜之嫌喽）。

服务生请朋友点餐，我告诉朋友自己点了一道金黄银雪鱼咖哩饭。服务生听我重复点的餐，立即反应过来。"请稍等一下，好像下错单了！"

不一会，服务生回来："对不起，厨房已经为您做了日式鳗鱼饭，可不可以品尝一下呢？"我说，我喜欢雪鱼。服务生犹豫着，"要换的话可能得再等半小时！"我几乎晕倒。时间太长了，等不起。我决定不接受日式鳗鱼饭，也不点金黄银雪鱼咖喱饭，尽管我非常想吃。我点了一份做起来比较快的海鲜米饭，因为我的肚子再次抗议了。

时间过了大半个钟头，我朋友的套餐来了，我的还没有来。我请服务生去催，他说，快了，快了，就好！我渐渐意识到“改餐”的行为是错误的，我应该接受服务生为我错点的那个日式鳗鱼饭！

我这个时候开始回味服务生说过的那句委婉话。我意识到，我不接受鳗鱼饭的话，服务生有可能会承担经济损失的后果。一个讲诚信的店家是应该把那份错点的套餐倒掉的。这个损失自然要算在服务生的头上，好可怜的服务生。而他的可怜与我有关，因我而生，而我此刻正无动于衷！

其实，不改餐应该是最合理的。时间上，免除更久的等待；经济上，这个店里同类食品味道都差不多，消费不会相差太多；道义上，因为重新选择，而将损失转移给别人，这让我心里不好受。尽管服务生应该为他的错误付出代价，但我有将损失降到最低点的主动权。所以，我应该替别人着想，替那个服务生着想。他工作一天肯定没有我挣得多，他那么年轻，用钱的地方一定多过我。

我当时没换位思考是因为我确实不喜欢吃又甜又咸又腻的东西，况且，这又不是我的错。可是，事情还可以这样想，既然厨房已经做了，就委屈一下自己好了，也算是做一件成人之美的事情吧。也许，这个你以前认为不好吃的东西现在已经改口味了呢！也许就是这个你不喜欢的东西会带给你从未有过的惊奇，让你从此爱上它。生活中下错单的事不常有，偶尔遇上一次，接受下来也无妨，只会增添一点趣事而已！

在这个小小的事件中，我觉得倒掉那个套餐真的很可惜（无法知道最后的结果），而那个令人同情的服务生也还是要吸取一些做事的经验和教训的。而我，最应该做的是离开时，微笑着对服务生说一句：你替我点的日式鳗鱼饭很好吃！但是，今晚我没有这个资格，因为我不具备这样优秀的品质和修养。

同一天里的三个陌生男人

早高峰的公交车里总是人挤人
流水一样的人们倒来换去
离我很近的那个人起身要下车
一个高个子男人抢先坐下
接着又站起拉过身后的女子，按她坐下
女子歉意地瞄了我一眼，仰起脸看着他
我看得见她微微凸起的腹部和那件宽大的外衣
心说这个知道照顾妻子的男人
最好永远能这样守护着她
而不只在这一刻

下午上班，领导带来一个新面孔给大家认识
说他将要成为我们中的一员
我打量这个看不出曾经是军人的男人
与他握手的瞬间，感觉他手很软，用力很轻
他不好意思说得先走
趁着还有几天赋闲在家多给儿子和老婆做几顿饭

晚上下班回家的路上想买点水果
左看右看不知道买什么好
一个骑车而来的男人叉着双腿冲水果摊老板喊
老板，称三斤巨丰葡萄
我小声问他这葡萄好吃吗
他说也没尝过
昨天买回家媳妇、女儿都说好吃，今天再来买
我不再犹豫什么买了二斤回家
果然好吃

地铁口的老人

每天早上在换乘地铁5号线的时候，总是要从免费发放信报的师傅手中接过当天的报纸，这行为才几天就很快养成了习惯。

差不多8点的时候，我就会从地铁5号线蒲黄榆站下来，手里的报纸也快速浏览完毕。拿在手里吧多余，扔掉吧眼前又没有垃圾桶，只好顺路遇到垃圾桶再说了。就在往B出口走的楼梯口处，一位大约六七十岁的老爷子出现在那里。第一次，没太注意他站在那里要做什么，以为他是乘客。第二次，发现有人递报纸给他，还以为他和我一样领取一份免费的报纸。第三次，看见老爷子手里的报纸拿不过来了，就用一只手抱在胸前，另一只手随时接过别人递来的报纸。第四次，感觉得到老人在不停地说谢谢，或者微笑着点头致意。第五次，放慢了脚步，专等着从他身边经过，我将手里的那份免费报纸递给了他……

走出地铁，一路上一直回味从老人身边经过时的感受：老人恭敬地接过报纸的样子，真的是十分可爱。

Photo：山的不同不仅仅是外形，还有颜色。人和人的不同内容更多。

与理发师的对话

通常我都在剪发之前给理发师打电话预约。昨天出差回来，有一种抑制不住的冲动，今天一定要剪头。对于我这个不速之客，我的那个理发师也感到一脸的茫然。他停下手里的活，吃惊地看了我好一会儿才说：“真对不起，您可能要等一小时！”

我笑笑：“忙你的吧，请别的师傅剪也行！”话一出口，又觉得不可思议，一向不肯换理发师的我，这会儿怎么了？新理发师我其实是见过的，这家店我常来，只是每次都找同一个师傅。这会儿，我心里有些嘀咕，如果他知道我每次都找别人，今天才想到要找他，不会不高兴吧。管他呢，既然来了就要相信。

新理发师一边整理我的湿发，一边打量镜中的我。我从反射的镜子观察他的眼神，他圆圆的脸上，可爱的样子，看不出他有跟我过不去的情绪。他先开口问我，想怎么剪？我说短头发也剪不出长发来，还是在原来的基础上修一下吧！我看见镜子里的他朝我笑了笑，用手指了指我额头两侧，说，最主要的是能让这两侧丰满起来。

我对他能很快地给出专业性的判断表示赞赏。他却说，这是最起码的。接着问我，您不喜欢染发，对吗？并且，您的白发是抗拒型的。什么？为什么？我惊讶地问。您知道您的白发是卷曲的吗? 这种发质是不容易着色的。一般情况染一次就成, 而这样的发质要染两遍以上。

“噢，我不喜欢染头发。” “您别误会，我不是劝您染，只是想告诉您一些染发的常识。” 他说他有义务对每位顾客传授正确的洗发、染发和烫发的知识。我会意地笑着说，你是个很特别的理发师。

交谈中，知道他干这行11年了，今年才27岁。他自费学了不少基础理论，参加过大奖赛，并取得过好名次。他的师傅在北京特有名，那个名字我没记住。

他说师傅当年之所以收他为徒, 是因为一个好玩的问题。师傅问大家: “剪头发是用右手还是左手? ” “用右手。” 话一出口他就后悔了, 忙说: “还是让我好好想想吧! ” 师傅看看他说: “好吧, 这个问题留着以后回答我。” 那天, 他荣幸地成了名人的徒弟。

他知道我一定对是左手还是右手蒙在鼓里，就用双手示意：右手握着剪刀，左手食指和中指的指缝夹起一缕头发，提到一定的高度，这时右手去剪。

这样反复了几次，我明白了：其实左手就像是一把精准的尺子，时刻掌握和控制标准，而右手上的剪子仅仅是个工具而已。

看到此，我不由得感叹起美发的学问，立刻就联想到大片《英雄》里的那段关于手中无剑，剑在心中；手中无剑，心中也无剑的经典台词。

他听我说完之后，笑着总结道：做什么事都有境界，发型看似由线条组成，那仅仅是表象，大师眼里的线条是由一个个点汇聚而成。点可以汇成线，也可以汇成圆，一切的直线和曲线都是由点创造出来的……

每次走出理发店的时候，心里一定是充满了自信。因为美发师为你打理出的发型会让你年轻漂亮。今天，走在路上，好像依然能感觉得到有人回头在看我，同时，心里更多了一份愉悦和充实。人生处处皆学问。

信，不信

妈电话告知，花4980元人民币，买了一台高科技保健产品——生态仪。通过超声波、臭氧、光触媒，来除祛蔬菜、水果残留的农药，还原本味，保持新鲜，兼具消毒功能。

我打断妈，反问："你信吗？"妈肯定回答："当然啦！我跟你爸去了三次，还当场尝了黄瓜，处理过的味道是不一样！"

本想直接说我不信，又怕妈难过，改口道："既买了，就好好用吧，一年就值！"妈急忙补充："说明书上说，能用十年以上！"我笑，确信妈被商家忽悠了。

我们生存在忽悠与被忽悠的时代，本山大叔小品——"忽悠"系列，极其生动而又幽默地复制生活场景，可人们总是在笑过之后，失去判断能力，又会被高明的商家，以新的言词所蒙蔽，或自愿或主动往坑里跳。有段时间，洗发水广告来势汹涌——纯天然乌发、去屑止痒、滋润垂直、全效保湿洗护，看得人眼花缭乱。更有甚者，广告上说，洗发体现现代人的文明，最好每天清洗。没过几日，健康专家呼吁：洗头不同于洗脸，适当保留头皮分泌油，可以保持发质光滑润泽，两三天洗一次最佳。也不知道该信谁。有天中午，我在单位食堂吃过午饭，与往常一样去刷牙，正巧碰上一同事。她说，一天之内刷牙不可太勤，早晚各一次就行了，刷多了损害牙釉。我懂得同事的一片善意，可多年养成的习惯也不能马上改过。从此，我中午刷牙就显得十分紧张，生怕再遇上那位好心同事。

人在江湖走，哪能不挨刀。我也时常经受不住商家忽悠，尤其是买墩布。因为老想从繁重的家务活中解脱出来，所以，经常去超市寻找更方便，省时省力的环保清洁工具。尝试过各式各样的拖把，体验过国产、进口，至少五个以上品牌的吸尘器。这么说吧，只要是没用过的，见着就想买，反正也是消耗品，用哪一个还不是同样消费。换来换去，没有用得太长时间的，也没有哪一款能超过手执毛巾直接擦地，来得更干净。春节前，发现一款智能吸尘器，体积不大，制作精巧，不用人操作，充好电，放在地上，自动工作。欣喜之下买回家，用不到一星期，终于放弃。

原因很简单，每次用过都要清洁，扬起的粉尘比用湿毛巾擦地多得多。所有吸尘器，不管是智能还是人工，终究是要靠人来处理尘盒，只有保持清洁，下次才好用，这样的过程相当麻烦。买的时候商家不会告诉你，只有用了才知道。

写到此，电话响起，是妈。“你说生态仪真就那么神吗？我算了一笔账，如果把买生态仪的5000块钱，用来买有机食品，我跟你爸一年也够用了。”听出妈有些后悔。

Photo：有能力的人，是在独处时能将自己放进自然的人。

美国微观察

焦急中不慌

早就听说美国是一个非常有秩序的国度。一次短暂的美国之行，一踏上美国的土地，首先感受到的是美国海关的秩序。

我飞抵西雅图后要出关转机，如果按照美国人的习惯，需要大约三个小时才能顺利实现转机。但，我只有两个小时的时间。

排在出关的长队里还有五位同行的中国人，我们联合起来申请快速通道。由于语言不通和对流程不熟悉，再加上当时每个人都很心急，我们东一下西一下地四处碰壁。

慌乱中一个50多岁的讲中国话的工作人员把我们拦下来。她请我们不要慌张，不要影响其他人，她会保证我们赶上飞机。在她的带领下，我们有板有眼地从快速通道过了移民局，接着提取托运行李，再过安检，登机，所有程序一个都不少。

到了登机口，有工作人员给我们办了登机牌，此时正好开始登机了。美国人登机是按组进行，机票上有显示。一般情况下，头等舱、携带孩子的成人、老年人以及残疾人会被安排在最前面，然后是座位靠后的乘客，最后是前排乘客。

沉默中接受

第二次的经历还是在飞机上。12月20日，我和女儿从达拉斯飞纽约，班机12点起飞。办好登机牌大约在11点半的时候，大屏幕上打出了“纽约大雪，推迟起飞”的信息。我巡视周围美国人，看他们什么反应。奇怪，好像没人介意。好吧，我也没什么可说的，只能等待。

大约14点的时候，终于可以登机了。所有的乘客都坐好以后，飞机慢慢启动了，但始终没有加大马力跑起来。这时飞机上广播响起：“纽约机场实行空中管制，我们的飞机继续待命。”

女儿告诉我还要等两个半小时。我吃惊地“啊”了一声，但更令我惊讶的还在后面。飞机上的美国人没有谁站起来质问，也看不见空姐或是机组成员出面解释。所有一切如同

Photo：美国公路上的汽车。

广播的响起和停止，显得那么的平静，那么的自然。就在那一刻，我知道了什么是沉默地接受。

后来我们就坐在飞机上一动不动地等了两个半小时。两个半小时不算短了，可我却听不到任何的抱怨和声讨。我也像很多美国人一样，从书包里拿出书来，如同坐在安静的图书馆里，尽情地享受读书的快乐。

遗憾中的折射

那天在科罗拉多大峡谷看电影时发生了一个意想不到的事情。当影片就要结束的时候，音乐声戛然而止，接着又听到仿佛刚刚打开老唱机时发出的吱悠悠的走调声音。我感到很搞笑，以为是故意安排的美国式的幽默。此时，电影院里出奇地寂静，仿佛一根银针落地都能听到声响，大约有上千人正屏住呼吸瞪大双眼盯着银幕。此刻的画面上有个人，他坐在类似蜻蜓一样的飞行器上，正悠然地从大峡谷的底部向上滑翔。一会上来，一会下去，好爽啊！

就在最后的5分钟里，我没有感到任何的遗憾，而是觉得这个小插曲很有趣。如果没有这段无声的表演，我还能感受到美国公共秩序的完美吗？

排队中的风景

无论在美国还是在中国，排队是常事。购物交款要排队，买快餐要排队，上厕所要排队，办理手续要排队，参观展览要排队……

美国人排队与国内大不相同。无论什么时候，多少人，几个窗口，美国人喜欢排一列横队，而中国人喜欢排几列纵队。比如说上厕所，美国人一般是排成一队，无论有几个蹲位，出一个进一个。而中国人习惯在每一个蹲位前列出一队，如果有五个坑就有五支队伍。（不过，国人的素质正在发生变化，现在很多城市的公共卫生间里都能看到排成一队的现象。）

同样是排队，但效果不一样。一支队伍体现的是公平，先来的一定先上。而纵队的模式就不一定公平了。有时候尽管你先来，但你站错队了，前面的那位进去就不出来，你就惨了。如果你此时有内急也没办法，只能看着比你后进来的人一个个地先于你走开，你一点脾气都没有。

再有，排纵队还有一个缺点就是容易给别人钻空子，特别是在人多拥挤的时候，有些素质不高的人不爱排队就“加塞儿”。那天与我们同行的有大约300多中国人，去一个方向的景点（祖国越来越强大，遍地都是中国人）。结果，每到一处，上厕所就成了负担。本来排成一个队伍，可是有些中国人就是沉不住气，仗着人多就聚在一起，挤来挤去就挤到前面“加塞儿”，害得我们只有花更多的时间等，最后超出了导游给定的时间。一车的人就等我和女儿俩了，真丢人！

在美国排队，其实还有学问呢。那天在迪斯尼排队玩卡丁车，我看人很多就有些犹豫。服务人员告诉我说跟着队伍走你不会觉得时间很长。队伍一直不断地移动，反复地走“之”字，还上了楼又下来，但是，不是回到原地。后来，我终于弄明白了，原来，为了节省空间，也为了人们一边排队一边观风景，所以，设计了走“之”字和上下楼。

代表性文化

我一直在接受着美国没有历史，没有自己文化的信息。看过美国之后，我会承认这是事实，但同时，我也会得出这样的结论：美国文化有特点，它把世界上最优秀的文化都搜集在自己的囊中，发展成为自己的文化。

看一个国家的历史就去博物馆。走进纽约大都会，你会感到置身于全世界文化的精品里。因为那里荟萃了世界各民族最优秀的文化。欧洲的绘画、亚洲的瓷器、非洲的饰品……每一件展品都承载着时代的印记，反映着历史的变迁。

当你看过一个又一个精美的展品后，你越来越觉得心里很不是滋味，你甚至心头有几许的酸楚。特别是当你看到自己国家和民族的瑰宝被摆放在这里的时候，你会在心里产生愤恨。你会骂老美真不要脸，明明是人家的东西，你却生生变成自己的了。没人的时候拿出来欣赏欣赏也就算了，还要堂而皇之地显摆给世人看。有一块古巴比伦时代的牌匾，据说全世界独此一块。导游告诉我说美国人总是骄傲地说："古巴比伦王国早已不存在了，唯有美国存留的这块石头能见证这个国家的历史。"

中国人去美国一定要去中国城，我去过纽约、旧金山以及洛杉矶的中国城。真实的中国城远比想象中的中国城要差得多，这让我在期待中有些遗憾。

除去中国城，我还去了丹麦城。这是一个有着丹麦风情的非常美丽、安静、自然的小城，由移居美国的丹麦人建造。去过丹麦的人称这里比丹麦还丹麦，因为它浓缩了丹麦最著名的建筑和风情。

对比中国城和丹麦城，我有些困惑，为什么同在美国生长的区域，差别怎么就那么大呢？我仔细想过，发现这也许就是美国文化的所在：美国是一个多元的文化市场，它为所有的文化元素搭建舞台。

真正的美国文化是好莱坞文化和迪斯尼文化，也就是娱乐文化。参观完好莱坞，坐在为参观者提供的电影拍摄现场看真人秀表演，你不得不为好莱坞制作的大片所惊叹，惊叹之余你也会由衷地说一句，好莱坞电影就是一场骗局，但明知是骗局还心甘情愿被骗，高科技的特效真的让你分不出什么是现实什么是虚幻。电影在带给你视觉享受的同时，让你的心情得到充分的愉悦。

同样，迪斯尼的娱乐是属于孩子们的。这里孩子们充分发挥他们的想象，在迪斯尼里一天下来，你根本就不觉得累，却仿佛有无穷无尽的力量等待释放。

玩牌偶得

玩牌默示生活规则

最近常出差，闲暇被拉去打牌。我不会玩也不喜欢玩，但却懂得牌桌上不可“三缺一”。

我们玩一种叫“拖拉机”，也叫“炒地皮”的扑克游戏，其打法很简单，四个人两两一对，跟打升级差不多，只是用两副牌打。

我打牌的记性比较差，难免经常出错，有时因为后悔再拿回牌重出。好在，其他三位都很宽容，不计较我这个没头脑的。可是，人家不计较咱也要努力啊。因此，我也就逼着自己多费一些脑筋。入睡前，一直琢磨玩牌的技巧，说得准确一些是一个初学者的浅显感悟：

打出默契来

相互配合双方最讲究的是默契，能把两手牌变成一手牌，需要对手之间很好地配合，默契指数的高低虽不是决定成败的关键，但是，相当重要。而这种默契不是说到就能做到的，这好比是两个人的婚姻。如果双方是相见恨晚型的当然最好，有相濡以沫的情怀也不错，最怕的是同床异梦，背道而驰。双方配合要以手里的牌为基础，最好是“强弱”

结合，一方主打，另一方跟随。“强强”联手的好处是保证升级，但玩起来没意思，显不出水平。

掌控话语权

不管手里的牌是好还是坏，一定得主动掌控牌局。当然，手里有好牌的时候容易，没有好牌的时候也不能放松，要等待时机。有的时候对方因失误会送机会，要紧紧抓住。牌好的时候也不能有丝毫懈怠，先出哪张后出哪张，大有学问，稍不留神，牌权就会丧失。

“看”别人的牌

玩牌的最高境界不是看自己手里的那几张牌，而是要看别人的牌。看有两方面的意思，一看自己，二看别人。看自己：当你抓牌的时候你就应该记住自己都有什么了，并通过手里的每一张牌来分析别人手里的牌。这也是我这几天才明白的为什么要一张张的抓牌的道理。看别人：在别人出牌的时候，你要留心，有的人能记住其他三家都出过什么牌。

该上手就上手

打这种牌不能保守，出牌时最先拣好牌大牌出，要时刻抢夺话语权。我刚开始的时候总是留着好牌，舍不得出，结果不但没有出牌权，最后把好牌都给失去了优势，稀里哗啦地随着人家的牌出去了，一点作用都没发挥出来。但是，也不能一味地争牌权，这样不但无法相互配合，更没有了章法。

能炒则炒

“炒牌”是这项游戏里最有悬念和最具魅力的环节，通过炒牌可以改变本把牌局的命

运。你想啊，有八张牌可以换来换去，四个人都有几率，那么每个人手中的牌还会是最开始的那手吗？最有意思的是相互配合的双方，通过炒牌能把自己手里的牌根据需要换给对方，做到互通有无。一般情况下，有炒的机会一定不要放弃。

偶尔“错”一下

“错”字是加了引号的，我想说的是有真错与假错的时候。真错不是故意的，而假错却有乱中取胜之嫌。刚开始，与我对家的那位前辈偶尔出错牌时我没有当回事，还以为他上了年纪，精力不够呢。等我终于明白了这里面的玄机之后，我被他偶尔的小动作点醒：人在游戏的时候是可以耍小聪明的。

Photo：安然就是休闲。

图之二 Vision 一景

舱窗外

坐在飞机上，飘在空中，看到了。

道路

有的路不仅仅美丽，还有隐意。

云动天坛

云是一道奇异的风景，云在舞动天空的同时，让天坛变得如此圣洁。

宏村：一个胡姓女子的心潮

一年总有几天闲散的日子。春光里，贴近古徽州胜地，一个被誉为中国画里的水乡——宏村，与之互为领地，又相偎相依。

宏村知名，因了一部《卧虎藏龙》的电影，而早在2000年，她就被列为世界文化遗产名录。无数次翻阅网上图片，百看不厌，日久生情，渐渐地，绝美的风景置入心灵，一种向往自然的渴望无法压抑。

穿行真实的景致，驻足南湖水岸，留连于如画的月沼池塘，隐约中，青石板路上翩然走来一位古代家境富足的女子。没有忧怨，没拿油纸伞，手里握着一宗长卷——宏村“牛型水系”设计图。这个女子名叫胡重娘，1407年左右，她一手缔造了宏村的模样。今天，立在眼前的宏村，虽历尽沧桑，却也朱颜未改。

我在南湖水岸对空遥想，这个奇女子有着怎样的阅历？缘何要建半月池塘？她又有着怎样聪明过人的智慧？传说，当年决定把村中一眼天然泉，拓展成一汪人造池塘时，村民们坚持要建成“圆月”。胡重娘却站出来坚决反对：花开则落，月满则亏。“花未全开月未圆”，这是人间极其美好的境界，一旦花开，转瞬凋零，一旦月圆，旋即缺损。追求“未圆”之美，让人内心有所依托，有所期盼，有所等待，有所向往。

胡重娘参悟的人生，源于古徽州女人对漂流在外的丈夫长久的守望。在一个个“人未归”的夜晚，留守女人将孩子哄睡，将公婆服侍上床，终于可以安静下来时，望着窗外的一弯明月，思念悄然起程……如今，那个被唤做“牛胃”的，有着动听名字的“月沼”池塘，岂不就是胡重娘内心的真实写照？当一轮圆月升起，落入遥远而古老的宏村时，永远是半个月亮。而这半个月亮，千百年来，年复一年，日复一日，诉说着无尽的缱绻和向往。

夕阳下，重回水岸南湖，斜阳映照水面，泛起波光，倒影跳动着，变幻。

写生的学生们，此刻忙于收工，画好的水粉画，架在余晖里，好似等待来人观赏。借着春光里的画作，感知灵动的湖面，我体会到，一个以胡姓女子为代表的徽州女人的心潮，偌大的南湖，好似女人博大的襟怀。而那宛如港湾一样宁静的月沼，就好比女人静若处子的内心，淡然如水。

天光暗到镜头里一片湛蓝时，如织的摄影人蜂拥汇聚月沼池塘。没带三角架的我，心甘情愿把最佳的拍摄位置让出来，走到侧面，寻找众人遗失的风景。

天还要继续黑下去，谁也不能把太阳拦住。没了光线，美丽的风景迅速隐藏起来。幸好，寂寥星光投下斑驳暗影，索性就着月色，轻轻叩问早已化作月沼的胡重娘，今夜，我来看你，你是否会像我一样，心灵打湿，浮云涌动，亘古不变……

原生态篁岭

无论人还是风景，“养在深闺”，总有神秘的吸引。从“人未识”，到“待人识”，最后到“人已识”，当面纱一点点退去，人或风景，越来越真实，当初再怎么好看，此时也变得不过如此！

我对原生态篁岭的担忧，有如“养在深闺”的少女，盼着她长成，可一旦长成，又会担心风景不再？据村民讲，当地政府已经看好这块神奇土地的风景资源，想做进一步旅游开发，扩大影响，带动经济。目前，盘山公路已经建好，接着要整体规划动迁，建风景区及旅游项目。但愿新建景区最完整地保留原生态之篁岭！

青海湖——少女散落的泪珠

青海湖是我见过的最美的湖泊，似少女散落的一颗泪珠，镶嵌在“世界屋脊”，晶莹剔透，深邃湛蓝，仿佛能把坚硬的心给融化。亲近青海湖，我喜欢坐在车里。带着极度渴望，远远开来，眼前是一条深蓝色的地平线。近了再近了，那条线在一点点伸展、拉大、长高，好似天幕徐徐落下。

惊喜间，湛蓝的湖水与高远的蓝天上下呼应，非常雄伟，无比壮阔！伸开双臂拥抱，却是妄想。抱紧双臂，自己太渺小。来不及多想，生怕给大自然融化掉。最好保持一段距离，不声不响，不远不近，不深不浅，不急不躁，只剩凝望，只有冥想。

回望九曲溪

慕名来武夷山观光。所谓的山，其实就是一块大得不能再大的石头。炎热的夏天仿佛要把人蒸发，或者把人放于硕大的岩石烧烤。一步也不想爬了。就在前进与后退的踌躇中，回望九曲溪，秀色尽收眼底。

门源：放逐油菜花海

油菜花千差万别，一片一个姿态。 青海自然天成的油菜花海层次分明，一望无际，非常有气势。漫山遍野的油菜花铺满了百里长川，给人以金色的狂想，金色的震撼。远处油菜花海中，一辆汽车在漫游，像是蠕动的甲壳虫，透过卷起的片片尘烟，能感觉得到车在花中行。近看花海中的村落，在红色的砖瓦映衬下，大地显得格外耀眼宁静。

无论是近看还是远观油菜花海，不由得让你惊叹造物主的神奇——高原的蓝天白云下，铺天盖地的油菜花在阳光下闪烁,花海一望无际，一直延伸至远方的群山之中，最后消失在湛蓝的天际，蔚为壮观。

置身于油菜花海中，唯一想做的就是放逐——给身体也给心灵，什么都不想什么也不做，闻着花香，发呆，发傻，发狂！

晓鏞 石潭 晓起 江岭

这些地方，摄影人爱去。晓鏞的秋天是最美的季节，而春天的油菜花虽不是主打，但镜头里的风景却有特色，开在谷里的油菜花，在起伏不平的山路上，韵律十足，好似起伏的山歌，彰显特色。

行走在石潭的雨里雾中，朦胧中的粉墙黛瓦，诗意盎然；湿漉漉的油菜花黄，艳而不争；红灿灿的雨伞，移来荡去。还有，携风含水的柳芽，咯吱，咯吱，拔节扬花。这一切，仿佛都在梦里，却也非梦。“一生痴绝处，无梦到徽州！”

据说，第一个逃到晓起这块山水宝地的人，此时天光微白，索性给它起名“晓起”。千百年来，生活在这诗情画意里的人们，过着和谐悠然的生活，那水绕城郭，绿野田园的景致，令人长醉不醒。晓起分为上下两个村落，一条青石板铺就的驿道，将它们连结起来，如同一副担子的两头。

驿道曲直有度，夹在大山与村落之间，蛇形伸展。山脚下密集高大的香樟树，像一把擎天巨伞，保佑进出的商贾，造福日出而耕、日落而息的人们。低头仔细观察，磨得发亮而残损的青石板，隐约可见一道道沟槽和车辙，那里留存的是徽商离乡背井的辛酸，也彰显着衣锦还乡的荣耀。

晓起的油菜花不张扬不妖艳不满眼，却也不平庸。从她身边经过，好似一条鲜黄色的小溪，簇拥着追逐你，潺潺流淌。走累停歇脚步，夕阳下，一道斜阳，痒得你伸手撩拨花溪。而她好像等待约会的情人，不羞，不躲，不恼，等你亲吻，任你摆弄。

江岭是层层叠叠、错落有致的梯田风光，高点俯瞰怒放的油菜花，一定很美，只是我去的时候气温比往年低很多，所以，大片的油菜花没看到，却也不遗憾，镜头里的风景依然别致！

从草原来

尽管秋天不是草原最好最美的季节，但一定要看草原的心，忽然越发地一往无前，有如飞蛾扑火，视死如归。哈哈！看草原怎么扯上了生死？可以无所谓一些吗？还是期待重温年轻时行走的乐趣：在厚厚的草甸上，踩一溜足印于草间，再回头观望：刚刚倒下的青草，晃晃悠悠，坚强拔起。

“站在芬芳的草原我泪落如雨”。无法赶上席慕容那份深切的真情，却也真的有种眷恋，不想离去。我不是草原的儿女，却非常非常爱这片土地。置身于空旷而多情的秋色里，有种唯我独尊的霸气，仿佛苍茫大地只为我一人开放，只为我一人留存！罗马帝国凯撒曾说，“我来过，我看见，我

征服！”站在芬芳的草原，我没有底气说“征服”，而是感到由内及外的愉悦和感激：“我来过，我看见，我拥抱！”这便是我的全部情怀。

去看“黄河之水天上来”

喜欢黄河的汹涌，尽管不是丰水季节，但是，当你置身于其中，同样会感受到“黄河之水天上来”的壮阔。

大禹渡在山西芮城附近，传说是当年大禹治水的地方，与河南隔河相望，孕育了华夏几千年文明。

忧伤而沉寂的长城

大年初二，天空湛蓝。慕田峪长城在午后金色的阳光照耀下，散发着古铜色的忧思和伤感，仿佛静静地述说千百年来的过往。

拿着相机的手缓缓地按动快门，生怕惊扰了沉睡的城墙。站在绵长而雄伟的长城上，不知不觉感染她的忧伤，又在不知不觉中被她的沉寂所包围。渐渐喜欢上她的忧伤和沉寂，觉得有时候忧伤也可以明媚，快乐的感觉也可以有眼泪。

城市

现代城市的辉煌，在一次次蜕变中成长，有种化蛹成蝶的美丽，而生活在那里的人们啊，就像一节节脱落的壳，被狠狠地抛弃。

老房子

那些上个世纪初的房子，那些50多年前建成的房子的窗棂带着各自时代的气息，在不同的城市里安静地站立，安静地被拆除。

老火车

看得到修旧如新的老蒸汽机车。很少能有机会看到原色老旧的蒸汽机车了。铁锈到来，那些红色在做最后的坚持，钢盘铁骨露出无奈的容貌。青草，只有柔软地拥抱过来，如此微弱又如此真挚。

老首钢

当年北京的西部几乎全浸染了首钢的气质，那是怎样的当年？时光流转，搬迁后的首钢留下的落漠，让人沉默和稍微地明白那么一点沧桑的另一种意思。

荆芥

为唇形科植物荆芥（Nepeta cataria Linn Sp.）的干燥地上部分。

性味　辛，微温。

主治　解表散风，透疹，消疮。

第三章 Lavel

解表

散表散风寒，通窍养息

哥

哥在电话里说，他回东北老家过中秋，问我捎句啥话给爸妈？一时犹豫，竟想不出最贴切的话。有的话，说不出来。

我对哥说，捎两盒月饼吧！哥笑笑："妹子，这年头月饼还用从北京带？我替你在长春买两盒！"

"不行，就要从北京带！"哥连说："好、好、好……"

哥一向宠我，我说啥是啥。哥只比我大两岁，我们一起长大。小时候，爸妈工作很忙，哥就是我的"衣食父母"。哥长得英俊高大，而我属于骨瘦如柴的丑小丫。从小学、中学，直到大学，哥一直保护我。那时，我以为哥就这样一辈子只属于我一个人。有一天，哥带回一个女孩。全家最高兴的是奶奶，她握着女孩的手不放，还一个劲儿地夸，长得白白净净，个子又高，还懂礼貌，多讨人喜欢啊！我说不上不喜欢她，只晓得她的出现让我有些失宠。不过哥还是像从前一样对我好，只是照顾我的同时还要考虑另一个。那年春天，哥邀请好朋友踏青，我当然像往常一样，跟上他们，哥同时还请了那个去过我家的女孩。我远远见她过来，故意把脸扭向一边，不做声。哥向那几个哥们开始介绍，因为第一次见，他们很主动热情跟她打招呼。我依然无动于衷，心说，可真虚伪，不认识还能表现得如此热情。出发了，我站在原地不动，哥走过来，拍着我的肩膀，小声说，走吧！我不说话，磨蹭了一会儿，哥推我一把，让我走在前面，他紧跟我身后。前方不远处，那女孩微低下头，眼睛瞄着一上一下的脚尖，慢慢向前挪动。我和哥很快赶上，她则跟在哥身后，保持三步距离。一路上，我们谁都不说话，就一直走。

许多年以后，想起那个片断，曾经的任性很幼稚，却也真实、率性。夹在中间的哥，最是无奈，但一如既往包容我，从没怪罪过我。那个时候我们都还年轻。那天后，女孩再也没来过我家，不知道是否与不懂事的我有关。

再后来，我有了心中的白马王子，对哥的依赖才慢慢开始转移。当我们相继有了自己的小家，尽管住在同一座城市里，却也很少见面，有很长一段时间只是打打电话，相互问候一下，直到十年前我们相继来到了北京。再一次相聚，哥和我都老了。哥高大的身材变得有些笨重，而我也比从前长了一些分量。那天在地铁站台分别，我送他，他看着我，我们都不说话。从小到大，每次分别，无论是哥送我还是我送哥，到最后一定是哥看着我先离开，我不走他就不动。

Photo：温暖和情意都藏在细节里，我们不小心就将它弄丢了。

等与等的心情不同

每年，从3月12日开始，留学美国的学生要放春假，大约九天。这不是一个短暂的时间，一些在圣诞节没能回国的孩子想回家看看，这让他们的爸爸妈妈像过年一样，欢天喜地，就差放鞭炮了。当然，如果让放的话，早都响起来了。

俺家小东西春假不回来，说跟大学里的同学一起去科罗拉多滑雪。

盼不回自家孩子，分享别人家的孩子回来，同样是幸福快乐的。我在网上走东家串西家。你看，达妈，为迎接儿子回来，精心烫了头发，结果不小心还感冒了。我朋友还以自己的亲身经历，给她留了一大段文字。我非常理解达妈的心情，我在看她的博文时，莫名其妙就将我盼望小东西回来时的情景与她现在的心情做了对比。结果发现，同样是等待，但等待的心情不同。

家有儿子的妈妈在迎接儿子回来时，一定会情不自禁地打扮自己，让自己更年轻更漂亮。妈妈盼儿子的心情有如女人等待男人，特别是等待刚刚成人的优秀男人。

家有女儿的妈妈在迎接女儿到来时，也免不了打扮一下，让自己更像女儿理想中的妈

妈。妈妈等女儿的心情有如一个女人约见另一个女人，千万不能让对方挑出什么毛病。

我由此想到了另一个问题，孩子的爸会是怎样的心情？现在，无论家有儿子还是女儿，久别重逢的时候，谁都不可能像小时候那样，张着一双小手扑向爸妈的怀抱。单就情感来说，妈妈盼儿子应该有女人等男人的成分，而妈妈等女儿也有女人见女人的情愫。如果这样的事情成立的话，那么，爸爸等儿子就好比是等“情敌”，爸爸盼女儿就好比是盼“情人”。这不是我胡思乱想，我很正常。

我们的儿女都长大成人了，而他们的爸爸妈妈，正一天天地老去。

Photo：每一扇门的后面我们只能知道个大致。

『爱』的小名

朋友打电话来问，当初小东西去美国做交流生，真的舍得吗？我说，当然舍不得，可事情由不得我，放也是走，不放还是要走，我听从她自己的选择。

小东西迟早要去留学，我有充分的思想准备。只是没想到，事情提前五年到来。原打算让她在国内读完大学，再去英国读研。我一直向往英国的国度，总觉得老牌英帝国主义国家，为人处事远比年轻的美国靠谱。

早些年，还没有小东西的时候，她爸被公派去了英国工作，我本来可以陪他一起去英国，或找工作，或继续读书。但我没这样做。不是不敢，而是压根就没往出国闯荡上去想。许多年后，觉得没出国留学是我人生的一大遗憾，于是，就将曾经的理想转嫁给了小东西，希望她长大了能去英国，圆我年轻时的梦想。

指望小东西实现我的梦想，可小东西却不理这茬。人家有人家的理想。高二的时候就跟我和她爸说，现在就去美国留学。起初我当她说着玩，可是，在明白她真动心了之后，我就不阻拦她了。别的我不担心，只担心她不会照料自己。从小到大，她没独立生活过一天，放她一个人在家一小时，几乎都少。

“要我做”与“我要做”的根本区别在于被动与主动。人在被动的时候意志容易动摇，特别是遇到困难，更容易退缩、放弃。然而，主动选择喜欢做的事，结果就不同。小东西17岁去美国做交流生，是她自己选择的路。当初也许她还预见不到成长路上会有很多艰辛与坎坷，只是抱着美好的幻想出发。但是，当她真的陷入困境的时候，她会痛苦，甚至后悔或许不是真的后悔，但是，更多的是勇气，是奋斗，是拼搏，是改变！

回想当初，小东西转身离去的坚决，深深印记在我脑海中。那种义无反顾的态度，那种振翅高飞的追求，那种自由行走的渴求，也成为她日后一个人在美国打拼的精神给养！

Photo：走向大路的小路，看得到他人的美丽。

如果我不提早放手，如果我总把她当小孩一样保护，过去的三年，她会过得更舒服。但是，她决不会像今天这样独立，这样成熟。取得多少成绩不敢说，至少在我眼里，她完全自主地安排学习和生活，这是最大的进步。

她学会处理繁杂的关系，知道在陌生的环境中，首先要适应，然后再慢慢尝试改变；暂时无法改变的，就学会忍辱负重。她变得开放、大气，不计较花钱多少，但是，该花的一定花，不该花的从来都小气。她开始为自己的学费和生计算计，安排自己一周打两个晚上的课余工。她克制自己想家的念头，一年只回来一次。她要求自己每学期多选几门课，尽快获得更多的学分，早点学成毕业。

她的种种好，一点一滴记在我心里，尽管我很少说。

孩子永远是自家的好。这是真理，也是事实。我看到了小东西的成长和进步，所以，应该记录下她的足迹！我为她的成长而自豪，为我的放手而欣慰！

现在回答开头朋友的问话。我当初绝对不放心17岁不到的小东西去美国留学，我是在没有选择的情况下，不得不放手让她一个人闯。现在看来，放手是对的。正因为及时放手，才让她快速成长起来。原来，不放手与放手都为了爱，但结果也许会不同，放手的爱，更利于孩子的成长。

Photo：别的人家，别的笑脸，看得到收得起。

在彼此的背影里

女儿五岁时，陪她在广场放风筝。我将风筝放上天，待平稳再转她手。她认真握牢丝线，无比欢快地奔跑，我则坐在路边的台阶上守望。

有天，她故意跑到我跟前，将手中的风筝，连同丝线一起抛向天空。我惊诧这个举动，问她是不是不喜欢放了？她回答："不，妈妈，能让风筝飞再高一点，更远一些吗？"

2006年秋天，她16岁，郑重其事对父母说："也许美国的素质教育更适合我！"

坚决不要拒绝一个孩子人生中第一次庄严的选择！但是，在尊重孩子意愿的前提下，父母承受的分离之苦要比孩子大上许多倍。看过一篇《我们能拥有孩子多少年》的文章，写得真好，非常感动。可是，做父母的为什么要拥有孩子呢？多少年是多，多少年是少？既然《圣经》里说，儿女是耶和华的产业，父母只是代为抚养，那么，我就想问，做父母的是不是要首先感谢儿女呢？是儿女陪我们走过人生的一段又一段旅程！是儿女让我们不孤独，给我们带来快乐，让我们懂得人世间情爱，给我们完整的人生。

女儿像一只快乐的小鸟飞向那片属于自己的天空，留给家的是一个散发温热而充满回忆的空巢。女儿远走美国，生活看似安静下来，可实际情况，心头的那些惦念，无论如何都难以释怀。无力的牵挂，常常在月朗星疏的惆怅中爬满天际。黑夜里，那些闪烁跳跃的霓虹，像一张张变幻无穷的孩子笑脸。我情不自禁地问：

“女儿，你此刻在哪儿？在校园？在路上？”“学习累吗？生活可好？”“你那里下雪了吗？冷不冷？”“今天网上没见你？病了吗？”“只想知道你是否平安，无论何时何地！”

与所有留守父母一样，我经常在网上与女儿玩捉迷藏的游戏。我像一只笨拙的黑猫警长，天天挂在网上，等待小老鼠现身。可如今的小老鼠那是神马东西？整天神出鬼没，逮不着啊！偶尔逮住，她用一副万事祥和的姿态搪塞——“挺好的，没事，放心，下了”。

时间一长，我渐渐明白：放飞的风筝已经越飞越高，越来越远，但那根风筝线还依然握在我手心，应该能握一辈子的那种。不要拉得过紧，断了就说不好回得来回不来啦！

人世间无与伦比的爱来自父母——不求回报，默默奉献，情深似海。而儿女总要在其成长过程中，借助父母绵绵的爱意，一次次启航，又在父母的期盼中，一次次归港。当思念成为一种习惯，痛苦的不只是单方：父母为儿女牵肠挂肚、担惊受怕，同样，儿女也为父母魂不守舍、寝食不安，只是年轻时还来不及弄懂孝顺的真正含义。

父母在牵挂中一天天老去，儿女在想念中一天天成长。最后在彼此的背影里，渐行渐远……这大概就是所谓的父母与子女间永恒的守望吧，一代又一代，世代相传，生生不息。

把世界装进心里

2009年7月11日4:28，美国飞来的CA984安全降落在首都国际机场。小东西一如既往，不声不响，一个人飞回我身边。

来不及拥抱，来不及问候，想拍几张照片，或者就合一个影都没时间，她还是像从前那样——笑着流动过来，躲开镜头，鲜活的她使定格的瞬间失去光彩 。

回家路上，小东西悄悄告诉我和她爸，给我们各自带了礼物——巧克力，T恤。 不仅如此，很多同学和朋友也有份。

她说给家人和朋友选礼物的时候，还真的动了不少小心思，可她喜欢这种付出，很有意思。她说她买礼物的钱很多是靠平时的积攒，临回来之前的那两个周末，她都没闲着，一趟趟地跑不同的超市，乐此不疲。

她终于知道这个世界是由千千万万个不同人组成的，而不仅仅只有她一个。

提到同学，小东西来兴致了。她说：有个过去很少跟我接触的女同学还讲了一件事，可我一点都记不起来了。

那个同学说，有一次，她因为心里特别不开心，再加上自己比较内向，没有人知道她的痛苦，于是，就在下课后忍不住哭了起来。当时，大家都不知道发生了什么，也不敢多问，就都保持沉默。快上课的时候，小东西也不清楚发生了什么事，但却感觉到了异样，就走过去冲那个女同学做了一个鬼脸，并左右摇摆着身体，就像舞蹈一样。那个女同学至今都认为小东西是在给她跳舞。小东西得知这个结论的时候，哈哈大笑，说，我那叫什么舞蹈呀，只是想逗你开心一笑，这事早都忘得一干二净了。

小东西讲完这事，又跟我和她爸讲起她记忆里的别人的好。一个午后，小东西结束图书馆自习，准备离开，突然雷声大作，雨点噼里啪啦打下来，她只好站在走廊里等待。没多久，看见雨中出现一个瘦小的、撑着一把大伞在风里摇晃着艰难行走的女孩……她一步一挪走近小东西，小东西认出她是同桌。小东西的眼睛湿润了，却没有说出话来。她们俩就在那个午后的大雨里，撑着一把伞，走回了班级……

当她把别人装进眼里，别人会把她装进心里。她给我买了我最爱吃的巧克力，我用感激之情向她表达了我对她的深切思念。还有，那些她还没有来得及送出去的礼物，我相信，当她的朋友们收到她送上的一份祝福的时候，也一定会记在心里的。因为她这样想着别人，别人也一定会珍惜她的这份情义。

鸟儿之所以飞翔天空，鱼儿之所以摇曳大海，山儿之所以挺立大地，这一切都缘于他们把世界装进了心里。

把更多的人放在眼里，装在心上，越多越好。直到有一天，当你把世界也装进心里的时候，你就会成为这个世界的一部分。

妈出门时来抱我

一大早，妈打电话来。“昨晚基本没合眼。”

“什么事这么劳神？”

“还有什么事，惦记你呗！”

“昨晚不是看您去了吗？干嘛还想成这样啊！”

“就因为昨天见了你一眼，所以才不放心。”

“妈，我挺好的，没什么事发生啊！您别把心思都放在我身上，好吗？”我有些不高兴。

“不行，今儿说什么都得跟你谈谈。”

“好、好、好，来吧，我在家。”

妈和爸一起来了。妈一进门，直直望着我，生生要看出点什么来。我在妈来之前使劲捯饬了一下头发，还把屋子也打扫一遍，生怕被妈说我没精神。妈足足看了我几分钟，若不是感觉到我即将“掉小脸子”，指不定还要看我到什么时候！确信我完好无损之后，妈从书包里拿出一本书，说是一大早专门去书店买的，叫什么《万病皆可心药医》。

“哎哟喂，我的亲妈！我没心病啊，怎么让我看这种古怪的玩意！”

“知道你没病，没病就不能预防啊！”

妈不由分说将书递过来。书的封面上有这样一些字：“病由心生，所以医病归根结底是医心。医心需先找心药，心药可使心定、心清、心平。”我一头雾水，不知该跟妈说什么。

妈把书强加于我之后，心里立刻变得轻松起来。开始教导我如何放宽心思做事，怎样使自己开心快乐，等等。我爱理不理地听妈唠叨，也不时接两句，偶尔也反驳她，或者故意顶撞她，让她自找没趣。我跟妈谈话向来都是话不投机半句多，不是她呛我，就是我噎她。呛够了，噎完了，转身谁也记不住为什么呛，为什么噎。妈还是妈，女儿还是女儿。

妈今年75岁，朴实而勤劳，清高而淡雅。尽管头发已经灰白，脸上沉积岁月的褶皱，说话快了气就短，走起路来不轻盈。但是，只要见过她的人，都会感觉到她发出的气场。她咄咄逼人的语言下是一种无微不至的关爱，她喋喋不休的唠叨中承载的是她对生活的理解和追求。应该说妈身上刻着一个时代的局限。但是，无论怎么说，妈都是一个有知

Photo：收起物品，收起记忆，珍藏。

识有文化有水准的人。我始终都承认妈有一份独特的风度和气质，但我不喜欢她的强势和主观。而正是她的这个一贯行为——强烈的主观意识，也让我们之间有着许多时候的互不接纳。

许多年后，当我慢慢变老，当我对人和事有了更深刻和成熟的认识之后，渐渐感觉到了妈的空前强势和超级主观都源于她一如既往地爱我。尽管岁月在改变，尽管我已长大成人，但她却全然不知，她依然觉得我还是很小很小的孩子。她的世界在一点点变小，以至于有一天，我就是她全部的时候，她的种种牵挂和惦记终将会变成一种行为——依恋。我恍然大悟。我该多陪陪妈。

妈和爸吃了中饭后才放心地走。临出门，妈忽然转身，冲我张开双臂："抱抱！"我被妈的举动惊住了。她这代人感情是不外露的，我小时候她都没当过别人的面儿亲我一下。来不及多想，妈已经揽我入怀。感觉到妈在用力，仿佛把我抱住。我傻傻地在妈怀里不知所措，那一瞬，又忽然明白许多：我必须给妈更多我的拥抱，就像妈给我的一样，一生一世的拥抱！

Photo：在心房的檐角一直站立一只白鸽吧。

妈与我，我与女儿

夜晚，妈再次打电话，询问猪流感疫情是否影响到了小东西所在城市，以及学校。我说，给她留言了，应该没什么事，放心吧。妈说，这哪行，她没回话，你再问。我不耐烦，扯着嗓子："有什么好问的？"妈无语，我无奈……

放下电话，后悔惹妈生气！再打电话过去，妈不接。爸说，"没事，你妈去卫生间了。"本来我鼓足勇气想跟妈说声对不起，可妈不接电话，又让我不快。转而问爸："五一之后，你和妈想好去哪儿旅游了吗？"爸犹豫，妈抢过电话，"不想去，哪也不想去。"

"为什么呀？"我不解。妈支支吾吾，最后说，最近身体不大好。我一听急了："妈你病了吗？去看医生了吗？严重吗？"我急切地问，恨不得马上飞到她身旁亲眼看一下。

妈爱理不理地说，我没病，就是不想去。爸这时接过电话，别听你妈的，她什么事都没有。我心里这个气哟，妈怎么这么不讲道理，只想自己，不考虑别人……

今天早起在路上，我一直想，我、小东西，还有妈之间的关系，我于妈，正如小东西对我。与女儿过招，我知道应该学习新东西，与妈过招，我知道应该向妈妥协！

图之三

Face

一面

轻

酥油灯前的轻拭，香烛上的轻烟。

都是轻，一个是行，一个是物，可是不管是动作还是事物，在内心，本就是一脉相承，我们还没有悟到。

生活于常态之外

一直觉得，人这辈子至少要有一次完完整整的自我，哪怕只有一天。也许那就是信仰。

那些生活于常态之外的人们，那些他人体会不到的放下、舒畅和心境。

土窖人家

山西南部的一个叫芮城的小地方，这里有很独特的民居生活方式，是黄河文化的缩影。

那些普通人家的生活进入镜头，回来后看，不只当民俗当风景品味。

那些眼神儿

透过种种眼神儿，看到了多少内心。拍摄时并没有刻意追逐这些眼神儿。回来整理过程中，偶然才发现这些眼神不同寻常，令人回味。

自由

人生而渴望自由，但却难得自由。

云在天上飘，自由吗？是随风而飘。风自由吗？更像是大自然的造化。

人只有一种自由，就是思想。当思考与想象驰骋时，就像眼前这群海鸥，追得浪花左躲右闪，奔跑不停。

陪雀儿玩

早上，电梯碰面，开口就那一句话："北京终于等来了雪！"人们抑制不住喜悦，毕竟，雪花从昨晚（传说）一直飘到了现在（中午）。

雪花小如米粒，不轻、不坠、不温、不火。算不上惊喜，却也感叹。

中午，雪地瞎转悠。忽啦啦，树丛中，左一群右一群的鸟儿，绕着头顶飞。刚对准镜头，正按快门，忽啦啦，忽啦啦，鸟儿不见了踪影。

追逐一小时，结果片子还是张虚的，却也恰到好处！哈哈，快乐是实的！

昨儿与雀儿没疯够，今儿继续玩。

依头天经验，雀儿非常之灵性，动作极其敏捷，靠近它不容易。真要走近它，得慢慢来，先驻足远观，培养好感。再拭探接近，以静制动。最后，学着跟雀儿互动。

站在空地上静心听，微风夹带叽叽喳喳吵闹。仔细观察草丛，或者树梢，十几只或几十只肥肥的雀儿，欢快地追逐、嬉戏。情不自禁间，雀儿的喧闹蠕动起我的嘴巴，吹响了儿时的口哨。我笨拙，哨声不美，雀儿也不喜欢，如潮水忽啦啦涌动，却不逃之夭夭，而是停在不远处，像是等你，专门“逗你玩”！

呵呵，轻轻移动脚步，跟上来！举起相机，哒哒哒，如连发子弹，过瘾！雀儿们仿佛也喜欢这响声，渐渐放松了警觉，我得寸进尺，更肆无忌惮，拍个不停……

散养

公园里忽然出现的那些悠闲的身影，很是吸引人的眼光。我们的生活里已太缺少了那些散养的动物，我们早已没有了散养的心情，类似的动物自然也就少了。

墨旱莲

为菊科植物鳢肠Eclipta prostrasta L.的地上部分。

性味　甘、酸，寒。

功能主治　滋补肝肾，凉血止血

第四章 *Homefelt*

行气

发表散寒，行气和胃

给女人『回家』的理由

关于女人“回家”的声音，一波一波地涌起，但，到目前为止，绝大多数女人还没有回家的打算。与其劝女人回家相夫教子，做个全职太太，莫不如将盯着女人不放的视线移开，关注一下女人的另一半——男人。

中国男人，十有八九希望女人回家，操持家务，照顾孩子，但这只是男人的一厢情愿。有哪个男人，在谈论这个问题时首先问过自己，是否具备了让女人回家的资格。

中国的男人与生俱来就有一种至高无上的优越感，这不是说男人们在智力、能力和水平上，天生就强于中国的女人，而是几千年来男尊女卑的土壤，培育了他们妄自尊大的品性。中国戏曲中有一出名剧叫《打金枝》，说的是中国男人管教女人的故事——别以为你是金枝玉叶就没人敢动你，照样打你没商量。

从最初娜拉出走到今天的女人回家，在争取自由和解放的运动中，妇女逐渐成熟。如果说娜拉出走是女性要做自己的主宰，要为自己的生存做出选择的话，那么今天谈论女人回家，也是女性独立自主的表现。当一个社会中的女人能自由地选择外出或是回家时，那这个社会就是进步和文明的社会。

女人回不回家，什么时候回家，应该由女人自己说了算，为什么还要强调男人的作用呢？我们的社会一直在提倡男女平等，还为女人设立了自己的节日。越是提倡和保护，就越说明是弱势。

其实，男女平等并不是绝对的。由于生理结构和社会分工的不同，女性并不需要非得做出与男性一样的事情，才能证明自身的价值。女性特有的柔韧、细腻、善良、慈爱和美丽，必须在合适的岗位上才能彰显出来，如果硬逼着女性从事与自己的特长相悖的工作，不仅不利于女性扬长避短，成就事业，反而会令女性感到受尽摧残。从这个意义上说，今天提倡的平等，更多的内涵应该是体现在更高层面上的精神文明。

目前，绝大多数的女人不回家，不是不愿意回家，而是还没有到时候，不具备条件。这里，除了社会保障体系不健全，男人不绅士也是女人迟迟不想回家的重要原因之一。从整个社会的发展来看，男权社会仍然是主导。当男人还在娘胎里时就获得了比女人更多的优越感，因为每一个中国家庭无不企盼一个男孩儿的降生。特别是在农村和偏远山区，男孩更是一家几代人的全部希望。在这种至高无上的环境中成长起来的大男人，自然会比无人喝彩的小女人要高傲得多。

我们习以为常了公共场所里男人大声骂娘，随处吸烟，蜂拥抢座的现象，却不习惯男人礼让女性等绅士之举。有些粗俗的表现还不是男人的当家粗野。关上房门，男人还会上演更疯狂的举动，他们可以对女人大打出手，也可以对女人无端侮辱……不要再列举了，这样的家庭氛围女人怎能愿意回家？还不如走出家门跟男人一起拼杀，不仅争得与男人平起平坐的权利，更让男人的威风留在了男人自己的手里。

男人绅士，女人回家。如果男人不警醒，做个有教养的绅士，尊重呵护好身边的女人，到时候，还指不定谁该回家呢！

忍心，不忍心

2008年残奥会开幕式后，我一直困惑——看还是不看残奥会比赛？跟朋友说起这件事，朋友一笑，多大个事儿呀！

我选择不看比赛。可每天的报纸、网络，还有公交车上，看不看由不得你选择。昨天晚上很晚的时候，公交车里人很少。有座坐着，还有秋雨后的清爽，心情真的很快乐。不看不看还是禁不住比赛场上的诱惑：是一场乒乓对决，主角是一对残疾人。离镜头近的是一个失去了双臂，却要将球拍固定在左臂上挥拍的男人。对手看上去双腿行动不能自如，但这些都没有妨碍比赛的激烈。

也许注意力被集中在球技上之后，感觉不到失去双臂的运动员与正常人有什么不一样。不过，他发球时不用手而是将球放在拍子上再击过网。让我记忆深刻和震惊的也是那个如同他“手”一样灵活的残臂，而他用仅存的大约10厘米的右臂擦拭汗水的细节，让我感到一种生活的正常。他轻松挥舞球拍的“手”，有力而富于节奏，在推来挡去的韵律中完成了美的创造，生命在那一刻得到升华。

比赛间隙，他嘴叼毛巾配合残臂飞快擦脸的自如神态，也给了我很大的震撼。

我忽然就有一种感悟：也许从一出生，也许是从前的某一天，他没有了或者从一开始就不曾有过的手臂，但是他终究是勇敢地面对现实。他早已习惯没有手臂的生活，就像我们每天用健全的双手应对所有的琐碎一样，习惯和自然成就了生存的方式。

用一种同等的心态和平常人的视觉，再来看运动场上残疾人的比赛，你就不会把目光停留在身体残缺的表面；而当你用心去贴近他们时，你会更加理解、尊敬和钦佩他们。

忍，不忍，不应只是衡量善良与险恶的尺码，不忍的表面包裹着陌生与冷淡，而忍的背后正是宽容的接纳与真诚的付出。当人类敞开胸怀，拥抱世界——有生命的无生命的，正常的和非正常的一切时，这个世界充满无限的温情。

Photo：倒影总是在我们面向阳光的路上。

小妙可真可怜

有网友质疑林妙可说，她在奥运会开幕式现场上演的是一出双簧。她演唱的那首《歌唱祖国》不是出自她的喉咙，而是另一位小朋友充当了幕后英雄。

网上同时被质疑的还有另一个开幕式上的节目，那就是大获好评的创意独特的由燃放的焰火组成的29个足迹，说这个是事前录制好的。我觉得这个问题比起前一个显然无所谓得多。是不是现场版不重要，重要的是那种特殊的表现形式，让全世界人民都记住了第29届奥运会是在享有古代四大文明之一美誉的中国举办的就足够了。但是，小妙可被质疑一事可没那么简单，从一些网友的关注度上不难看出问题的严重性。

有网友说全世界人民在那一刻都被小妙可给忽悠了。还有的网友担心，这样的做法会让全世界人民认为中国是一个不讲诚信的国家，更有一些教育工作者提出这样做会助长孩子感染上不诚实的坏毛病。

在我看来，质疑是不是演了一出双簧意义并不大。而我想到更多的是小妙可的现在和将来，千万可别把小妙可卷入到舆论的中心，要不就真的害了这个孩子了，她小小的身躯无论如何都顶不住那么大的风浪，更战胜不了舆论的棒杀。

其实，让不让小妙可唱不是哪个人决定的，而是我们的这个民族全体的意识选择，我们

这个民族太需要完美了。或许我们的民族现在太在意的是一种展示，总想把最好和最美的一面表现出来，奥运会正好创造了这么个千载难逢的机会，所以才会有双簧的产生。奥委会主席罗格在闭幕式上赞誉中国举办的第29届奥运会是无与伦比的。这个定语真的是太有学问了，无与伦比的内涵应该是多项的，而不是单一的。

那个灵动可爱的小天使——林妙可，站在舞台上的大气、阳光和沉稳，征服了世界所有人，奥运会的舞台既然成就了这个孩子，那就不要再损坏她在全国人民乃至全世界人民心目中的形象了。

其实，这个事情一经披露就已经伤害到了小妙可，我真的觉得她好可怜。我也要赶快停下手来，放下笔，不再说三道四。

Photo：冰面的银光会让娟秀的植物更为秀丽。

余秋雨是不是大师不重要

教师节那天，上海市教委在上海戏剧学院设立了“余秋雨大师工作室”，并为其举行了揭牌仪式。此前，当余秋雨将这个消息在自己的博客里公开的时候，立刻招致众多网友的质疑。

反对者的意见主要集中在余秋雨的贡献是否真的就够得上大师的分量。这个事件之前，余秋雨还有一个备受网民质疑的问题：位于浙江慈溪市桥头镇的一栋两层最能代表余氏家族荣誉的老宅，正经有关部门上报申请成为慈溪市文物保护单位。这两件事我们姑且先不去管他。

余秋雨一路走来，真的是一个极其喜好作秀的男人。而我们的这个时代也正处在一个秀场里，谁秀得好秀得准秀得高，谁就是赢家，谁就有人气。

说心里话，余秋雨早年的作品真的是很好，特别是那个《文化苦旅》，具有大家风范。后来的文字和图书其实也不是真的不好，只是后面的没有一个能超越那个《文化苦旅》，哪怕是等同也好啊！而他每次出现在公众场合里的那些矫揉造作之词，以及哗众取宠之态，也令他在人们的心目中变得丑陋无比。

有一个现象让我感觉很有点意思，不知道是不是我的感觉出了错。大家都知道马兰是余秋雨的妻子，在她还不是他妻子的时候，也就是说当她是那个唱黄梅戏出名的马兰时，我特别喜欢她的人品和她的戏分。她演得好，长得也好，对事业的执著更令我钦佩。可是，自从她嫁了余秋雨之后，我发现她变了，变得不再散发着执著和纯朴……

我不否认马兰与余秋雨的婚姻是幸福的。在我看来他俩是默契的一对，有着同样的感觉和做派。这也正是我要揭示的问题。马兰的模仿能力超强，她的举手投足无不印有余氏风范的痕迹。我在一档电视栏目里看过一个专访马兰的节目，她在里面讲了她与曾经培养过她多年的老师之间的一段恩恩怨怨。整个过程是她一个人在讲述，主持人的问话比较少。从她的表达里，我隐隐觉出她内心是有苦衷的，想释怀一些东西。但是，从她的言谈举止中却看不到她的诚意。她说话时很矜持，边想边说，眼神飘忽不定。最不能容忍的是当那位恩师出现在现场的时候，她张臂拥抱老师的动作显得有些别扭。我心说，没有诚意的拥抱还不如不抱。

我就这样一味地认定马兰的变化是跟余秋雨分不开的。她太能复制了，差不多复制了余秋雨的一切，这也就应了那句好夫妻越过越像的老话。单就这一点，我要祝福马兰，她有一个幸福的婚姻。至少在我这样的外人眼里是这样的。我也要恭贺余秋雨一句：你是一个好老师，因为你成功地塑造了一个与你越来越像，并且有着与你一样爱好和理想的，会伴你行走一生的妻子！

扯远了！直说大师称谓的事吧。其实这个头衔挺害人的，你都成大师了，往后还怎么进步啊？！再者，中国人的习俗里，盖棺定论之后送的大师封号才有分量呢！

KFC狠广告

电视里肯德基打出的“川辣嫩牛五方”的新广告频繁播放，刚开始我丈二的和尚摸不着头脑。看多了，明白肯德基在中国内地独家推出了第一款创新牛肉类产品——川辣嫩牛五方。

我没尝过这款新汉堡，但从广告上看就让人垂涎欲滴。据媒体说，此产品一上市，众食

Photo：沉默不等于无言。

客争相尝鲜，卖得是相当的牛。从这点说，肯德基的眼光和创意是无可挑剔的。我对这些不感兴趣，只想问问肯德基：做这样的广告宣传是否太不人道了。

说说我的第一感受。看第一遍的时候，因为好奇，觉得很新颖。看第二遍的时候，片中大男孩给那个看上去很青春的健壮的牛揉搓脊背的动作十分吸引我。心说，人类还真有爱心。当我看第三遍第四遍的时候，特别是看到结尾时，越来越不是滋味——心里总有些许的痛在困扰我，说不清心里有多痛，只觉得那痛是隐隐的，挥之不去，无法释怀。

刚开始，我还不大明白男孩卖力气地为牛揉搓脊背的真正目的，但当我看到画面突然一转，一整块牛肉变成了一根根欢腾跳跃的牛肉丝儿的时候，我不得不想，人类怎么会那般的残忍？又怎么能那般的虚伪？片中那头活生生的牛哎，真的就这样在一片动听的音乐声中和一脸坏笑的人类面前被诱杀了吗？当把还流着鲜血的嫩肉端上餐桌时，你还能咽得下去吗？不能再想下去了。片尾，那头青春的牛——迸发出的哀叫，时时叩击灵魂，我分明看到了它最后留给人类的那滴眼泪！

本山大叔该放手

要说本山大叔也真不容易，每年除夕都得给全国人民送上“年夜饺子”—— 上等小品，真的令人佩服、佩服！

本山大叔携两个徒弟共同表演的《不差钱》，那是相当的火，两个徒弟更是一夜走进千家万户。当然，最欣慰的还是本山大叔，经他不懈地努力之下，二人转这门民间艺术终于登上了大雅之堂，他培养的接班人终于开始挑起了大梁。

照理说，这个时候的本山大叔应该考虑退出或者淡出春晚。但，到目前为止，还没有任何迹象表明他要这样做。此前，有媒体报道，与他合作过多年的范伟和宋丹丹今年说破了天都不肯再上春晚与他合作。我想除了春晚节目组带来的压力过大之外，还有就是来自本山大叔“强权”的压制。

有报道可查，本山是一个极其敬业的人，特别是在工作中，他一向霸气十足。在他刚出道的时候，这种霸气应该说对他是有利而无害的，因为霸气，他自信，因为自信，他成功。但是，当他有了一定的地位和身价之后，这种霸气就变得越来越不可爱，甚至令人望而生畏了。

不可否认，他对小品的创新和对民间艺术的弘扬是有很大贡献的，但是，成绩中带着局限。

这种局限来自于生养他的土地，是与生俱来的，是本山大叔无法预料、难以克服的局限。二人转产生的土壤是黑土地，那里的人们奔放、热情、泼辣、粗野，也夹杂着俗不可耐和争强好胜。我们都知道本山大叔是苦孩子出身，从小没念过多少书，完全靠社会的这所大学校锤炼成长。在这样的一方水土养育和这样的底层文化熏陶下，必然造就了他的扬眉吐气和我说了算的个性。当然了，他不是普普通通之人。他是有本事之人，而且本事过人。正因为他有本事，他才能够彰显他的威风。他的威风渐渐树立起来的时候，他的事业也就紧跟着成功了。

这个时候的他，如果能让曾经的威风不再甚嚣尘上的话，也许不会出现曾经与他合作过的伙伴渐渐离他而去的后果。他曾经建立起的铁三角本山、高秀敏和范伟为什么会散架？他一手栽培和提拔起来的爱徒范伟为什么婉拒上春晚？还有宋丹丹，从去年春晚之后，就一再表明以后不再上春晚……

本山大叔不愧绝顶聪明之人，他今年携两个徒弟出演的小品一炮走红，不能不说他是一个有能力有勇气能做大事的东北硬汉。不过，我还是想劝他一句：本山大叔，是不是也应该放放手了？这样对自己对别人都不累，你也该歇歇了。你看你的几个徒弟都渐渐地火起来了，小沈阳、毛毛，还有“李大国”、“刘能”那一大帮子人呢！

有句话说得好，师傅领进门修行在个人，你不能扶上马送一程，送了一程又一程。该放手时且放手，对谁都好！

郎朗的『酸葡萄』心态

那次，郎朗在天坛祈年殿广场和三位百老汇歌唱家黛比·格莱维特、克里斯蒂安·诺、道格·拉布莱克，以及余隆执棒下的中国爱乐乐团一起，举办了一场激情四射的音乐会。郎朗把一首格什温的《蓝色狂想曲》演绎得纯熟而又具有即兴的魅力，还和三个歌唱家合作了《我有了节奏》。

作为一个时代的年轻偶像，郎朗难免会受到一些质疑，其中包括他演奏的夸张风格和过多的商业活动。他统统把这些质疑者归纳为酸葡萄心态，言语间带着嘲讽。

我要说的是，那天晚上我正在现场，郎朗的激情演奏无可挑剔，但是，场下的一些细小行为，真的令人感到不安。

郎朗是倒数第二个出场的，是压轴的位置。前面的十几个节目，由三位百老汇歌唱家轮番完成，他们的表演应该说非常完美，但文化的差异及欣赏水平的不同，人们更期待郎朗及早的出现。不知是有意还是无意，郎朗真的就提前出现了。大约是在中场稍后一点吧，邻座从卫生间回来对同伴说，他在途中看见了郎朗。顺着他的手势，我也朝会场的左侧看，发现几个人站在台阶上正说着什么。借着微弱的灯光，终于分辨出，那个神采飞扬的年轻人正是郎朗。

越来越多的人发现了郎朗，越来越多的脑袋偏向了左侧，越来越多的声音悄然四起。开始有胆大，并且有想法的粉丝跑出去了，试探着接近郎朗，伺机递上手中的本本，请签名。郎朗很愉快地接受，更多的粉丝跃跃欲试。

会场左侧不断出现小小躁动，有工作人员或保安一遍遍平息。舞台上演出依然进行，但是，歌唱家明显感觉到了眼球不在她一边，于是委婉道出即兴发挥的话：在这样一个美好的夜晚，请大家再次聆听我们两个共同演唱的最后两首歌，而后，就请郎朗带来最著名的《蓝色狂想曲》。

我无法知道郎朗当时是什么心态，也许这样的情形太多了，也许大牌的号召力就表现于此，也许……无数个理由，都可以说明郎朗是无辜的，不是他故意夺了场上的眼球，而是，人们主动把视线转移到他这里。但是，我要说，假如郎朗不过早暴露给公众，发现夺眼球事件后，能及时隐退，我敢说，不会有粉丝的躁动和舞台上的尴尬。

从一个普通人的角度来评价这件事，我以为，演出结束后，最佳的场景是郎朗退场后，不急于离开，而是恭候在后台，等待更多的粉丝索要签名；或者，他笑容可掬地揽着孩子们，跟他们合影，以满足其渴望见到明星、成为名人的向住，并以此激发孩子们立志成才的奋斗目标。我知道这样的设想不现实，但我不要求他每一次演出都能这样，偶尔做一次还是可以的吧！这也有问题，粉丝不答应偶尔，喜欢次次，因为每一次粉丝都是不同的，而郎朗只有一个。

做名人难，一方面要满足大众的追棒，另一方面还要保持自己的个性。我不属于郎朗归类“酸葡萄心态”的那伙人，只是有更多的担忧：膨胀的心态毁灭前程，孤傲的状态扼杀才情。

行云流水与水滴石穿

西班牙与德国的世界杯半决赛，刚刚尘埃落定，1:0的比分，令人叹服，一场无与伦比的对决，成为世界杯开赛以来，极具观赏和愉悦的一场博杀。我不是足球迷，连伪球迷都不是，只是偶尔喜欢凑凑热闹。不过，看过之后，总有一些心得体会：西班牙与德国的这场较量，好比两个成语打擂——行云流水与水滴石穿。

足球不是用来踢的，也不是用来看的，是用来赢的。怎样赢？我想，行云流水与水滴石穿有异曲同工之妙。但是，在一定的时间里，确切地说，在90分钟的赛场上，同样是水做的，天上飘过的行云和滴答作响的时钟相比，行云节奏紧凑，随心所欲，来势凶猛，速雷不及掩耳。而滴答滴答的钟，尽管有板有眼，循规蹈矩，坚韧不拔，但缺乏势不可挡的霸气，更画不出一气呵成的完美。

看今天的比赛，感觉不到曾经德国对阿根廷的那种流畅与气势。那一夜，德国战车不仅碾碎了拉丁劲舞阿根廷的梦想，也让千千万万的“阿迷”魂断南非，集体失语、失恋。那场球赛也让我喜欢上了德国队，尽管今天他们输了，但是，他们不丢人，他们完成了

使命，他们尽力了，拼过了……

同样水做的两支球队，有无伯仲之分呢？行云流水好比奔涌的江河，一泻千里，所向披靡；水滴石穿好比湖泽，波澜不惊，铁杵磨针。其实，这两种形态，各有各的长处和优势。江河流动，奔涌向前，给人以方向、追求和向往；湖泽平缓，博大开阔，使人宁静、淡泊和包容。做人的道理在于动与静巧妙的结合，人生如能自如穿梭于动静之间，那是高的境界。

Photo：动静相依。

男人的世界杯之女人的看点

守候三个半小时，终于等来了世界杯第九支冠军队诞生。那一刻，所有荣耀都归属于胜利的西班牙人，世界为之倾倒，人类为之癫狂！

但是，从观赏性上说，这场球赛不好看。太多问鼎的目的，太多赢球的压力，太多怕输的顾虑，唯一缺少的是制造行云流水的快乐。

也许，足球本身难以避免最后你死我活的争斗。但作为女人，我不喜欢看到最后的惨烈，我以为就看到第三名的角逐就可以了。足球带给全人类的快乐时光，都在此恰到好处地表现出来。在最后的冠军争霸战中，火药味太浓，根本不顾及相互间身体的伤害，甚至，还要故意冲撞。谁都想把对方置于死地，成为最后的王者。千百年来，动物世界如此，人类世界亦如此。

男人的世界杯，不是女人的世界悲。男人的激情，表演给谁？给世界，给自己，也给女人。既然女人不可或缺，当以积极的心态参与，并从快乐中获得启发。

女人的看点之一：世界杯是一个男人制造的秀场，来自世界不同国家，不同民族的人们，在一个月的盛宴中，充分展示各自的性格和文化，上演或悲或喜，或美或丑的足球大片，供世人欣赏、评判。

女人的看点之二：看男人征服对手的花样性情。有的热情、威猛、强悍，有的坚韧、自信、镇定，有的艺术、潇洒、流畅，有的奔放、执著、果敢。

女人的看点之三：物色最适合自己的男人类型。首先，崇拜具有拉丁风情的，以巴西、阿根廷为代表的唯美、天才的足球先生。他们是偶像级的，是心里的白马王子，与生活离得很远，不可企及，只是向往，只能欣赏。其次，衷情于靠谱的德国战车，特别是这届新战车。他们不仅传承了老战车踏实的精神气质，团结协作的风格本质，还积极吸收先进的技战术。他们胜不骄败不馁，看他们踢球，既放心又轻松。不管是胜利还是失败，总能叫你心平气和地接受结果。再次，喜欢以西班牙为代表的未来足球发展方向的，既有行云流水的战术配合，又有出色的个人突破能力的欧洲足球队，他们就像非凡的艺术家，在足球上创造出一个又一个精美绝伦的艺术作品，令人叹为观止。

第十九届南非世界杯给这个炎热的夏天带来不少清凉和欢乐，期待下一个四年再相见。

露哪儿透哪儿

天一天比一天热起来，女人们来不及多想，将一件件的衣服往下脱，脱来脱去，不能再脱了，那就露好了。可是，露哪儿好呢！

总有大胆的女人敢先吃螃蟹。从露腿、露肚、露脐、露背，一点点升级到露肩和露胸，可这还算不上时尚。昨天，我在媒体上看到了李湘怀孕后，挺着个肚子，好像是在浴缸里拍摄的照片的时候，我惊呼，OUT了！

另一件事。那天我在街上看见一个青春少女，她穿的那条仔裤的屁股上竟开着一个不大不小的洞。洞口随着她婀娜的步态，若隐若现，一开一合，我分明看见了她透出的肤色，仿佛“半个月亮爬上来”。就在我还没醒过神来时，一家媒体上刊登的设计大师设计的露着半个屁股最IN的时装照片，让人彻底大开了眼界。

设计师可以挥洒自如，时装模特也能舍生取义，但人们呢？特别是女人，到底露哪儿才好？透哪才合适？

与露堪称姊妹的是透。露和透，虽都无可非议，也并非想怎样就怎样。该露的露，不该露的不但不能露，更不能透。从某种意义上说，透比露更具诱惑力。在你没有掌握透的

学问前，莫不如就大着胆子露。最起码露是直白的、感观的，即使不好也不会坏到哪去，顶多让人恶心，感到不美，充其量说声庸俗。可透却不一样，那种朦朦胧胧、若有若无的撩拨，实在令人想入非非。中国人向来极具联想，透不好就非得落下放荡的名声不可！

服装设计上的露和透，其实是设计师体现人体自然美的一种形式，是人体与服装完美结合的艺术表现。时尚中人，他们青睐那些大胆、新潮、表露自我的服装设计，但这并不等于说，露就是张扬个性和我行我素的代名词。

恰到好处的露，不仅可以增强服装本身的通透性和清爽性，还能带给人以艺术享受，达到人衣合一的境界，表现出高雅来。

哪儿能露，露多少？透不透，透哪儿好？这不仅是一个颇具技术性和艺术性的问题，也体现着一个人的内涵和修养。只要你觉得该露、该透，那就可以尽情地露，尽情地透，没人会管你。但别忘了，高雅与庸俗和放荡之间只一步之遥，穿着艺术不仅体现着一个人的审美情趣，更是一个人的品位标识。

Photo：场景之中。

优雅老去

媒体爆料：美人林青霞自1994年结婚息影后一直处事低调，安于相夫教子，过上属于自己的生活。14年后，这种宁静，据说是被周杰伦打破。前不久，林青霞在观看了由周杰伦导演的处女作《不能说的秘密》之后，非常感动，于是答应了周杰伦的邀请，复出拍摄“秘密”续集。

我不知道林大美人当初息影的真正原因，也许为爱情放弃事业，也许感怀红颜迟暮，也许想留世人永远年轻的魅力。总之，我被当时林青霞勇敢的抉择所折服。心里暗暗赞叹，知道坚持与放下，把进退尺度拿捏得十分精确的女人，一定是充满自信和自得其乐的人。

Photo：总是会有美丽的相遇。

就像当年我不明白她为什么要息影一样，现在同样不明白她为什么选择在54岁时复出。我不反对年龄大了就一定不能站在舞台上。相反，我非常喜欢像蔡琴那样充满活力和魅力的歌坛常青树。如果林青霞当年没有宣布息影，直到今天她依然会是非常出色的演员。

尽管岁月将她美丽的容颜冲刷，留下了衰老的痕迹。但是，岁月也塑造了她成熟与优雅的姿态。从媒体刊登的林青霞近照上看，素以清纯脱俗特质的美人如今变得优雅高贵。但是，从心里说，我不期待她的复出，也不盼望她在新电影里塑造的角色。我希望她的形象以及她演绎的人物永远定格在14年前——她息影之前所拍的一切影像中。因为我固执地相信，她的才华已经在她40岁之前表现得淋漓尽致了。

我希望她依然生活在平静之中，生活在纯净的世界里，但不是封闭的社会中。她就像过去的14年一样，偶尔出来露个面，打个招呼，让惦记和热爱她的粉丝们了解她的状态，体会她的优雅，追逐她的脚步。只要这些就足够了。

我愿意看着这样一个美人，以这样的方式优雅老去……

简单，不简单

许多年以前，海尔CEO张瑞敏出访日本。一天，他去参观电冰箱生产线，结果，被“贴商标”这个流水线上最不起眼儿的工序给迷住了。他驻足观察，琢磨了好半天，终于不解地问日本老板：“难道每一个电冰箱上的商标，都要求贴在同一个位置吗？”日本老板非常肯定地点了点头。

“那么，一个合格的贴商标工人，需要经过多长时间的磨练呢!”“两年。”

贴在同一个位置，需要两年的磨练，这个看似简单，实际不简单的问题，让张瑞敏很是困惑。他经常回味贴商标工人操作时的细节。每一个动作毫无疑问是到位的，而一个个标准动作的集合，终将使商标不偏不倚、准确无误地贴在了同一个位置上。张瑞敏的深思熟虑，最终让他明白了这样一个道理：贴一个商标没有什么难的，可是你要坚持每天把成千上万个商标，都能准确无误地贴到一个位置上，那的确不能叫简单，而应该叫不简单。

若干年以后，蜂拥的人们，也像曾经越洋东渡取经时一样，来到海尔参观考察。结果，一个不容忽视的细节也被有心人捕捉到了：生产现场，清洁工手里的拖把，始终保持一种姿势、一个节奏，来来回回、反反复复地挥动着。因为每一个动作有着相同的频率和角度，所以，擦过的地方一尘不染、锃光瓦亮。看到这里，好奇人无不追问：“怎样才能让拖地板这么简单的事，做得如此有板有眼？”清洁工回答：“不难做，按规范执行就是了。”

海尔的这个故事，至少让我们相信，日本人能将简单的事做得不简单，我们最终也能。关键是我们之中有多少人会像张瑞敏那样善于捕捉细节，勤于思考，勇于实践。当初，去日本学习的肯定不只张瑞敏一个人吧，但日后获得最高成就的非张瑞敏莫属。他不但发现了贴商标大有学问，更重要的是他用哲学的思维，揭示了贴商标这个由简单到不简单的奥秘，进而，他又用大胆的实践行动成就了海尔的大业，形成了其独特的企业文化。

据说，世界许多著名企业都是从做简单的事起家，然后一点点由简单做到不简单。反过来，却很少有人听说，某企业一开始就能成为操纵天下的“大手笔”。

不简单之于简单最要紧的是行动，而不是纸上谈兵。

有一则寓言很耐人回味：很久以前，老鼠聚众开会，讨论如何对付猫的侵袭。一只极其聪明的老鼠建议，给猫的脖子上挂一个铃铛。这样，无论猫走到哪里，铃声就会响到哪里，听到铃声的老鼠不就可以及时逃脱了吗？大家都拍手称赞这是个简单可行的好主意。可是，由谁去给猫挂铃铛呢？怎样才能挂得上呢？这些看似简单却又不简单的问题，从古至今也没能解决。因此，给猫挂铃铛的事自然就成了鼠辈的空话，人类的笑谈。

用心才不后悔

两兄弟以砍柴谋生，每天结伴上山，日升而出，日落而息。但有所不同的是，哥哥的柴买主少，价格便宜。而弟弟的柴，因为将长短、粗细、曲直分门别类、整整齐齐地捆扎好，所以经常被一抢而空，价格还比哥哥高出许多。哥哥对此很不服气，认为是弟弟背着他做了手脚才使他如此不幸。直到有一天，哥哥即将离开人世，弟弟才哭着对弥留之际的哥哥说，其实，我们的努力是一样的，只不过我比你更用心一些，仅此而已。哥哥听了才恍然大悟，但也只能带着一生的遗憾走了。

哥哥的不幸在于比弟弟少了些许用心，难道我们就不懂得用心与不用心的差别吗？不，我们每一个人都再清楚不过用心做事的标准：是工人，就要精益求精，来不得半点粗制滥造；是商人，就要诚实守信，万不可弄虚作假；是农民，就要辛勤劳作，不要指望老天会施舍馅饼；是学生，就要发愤读书，不能自欺欺人地做什么天才梦……像这样的标准，人人看得见，听得懂，做得到，可却常常会有如哥哥般的当局者迷。

认真与用心在程度上是不等同的，在对与好之间有个心的差别。心是什么？是大脑，是智慧。善于用心的人，面前很少有困难，即使有了困难，也会靠着聪明才智化解。一个用心做事的人，是有责任心的人，是认真负责的人。他具有一往无前的精神，会为了不变的目标锲而不舍；他懂得用智慧和力量，铲除一切障碍，直到胜利。

曾感动于法国纪录片《微观世界》中屎壳郎推粪球的一个经典场景：一只屎壳郎，推着比它大得多的粪球，在并不平坦的山路上奔走着，路上有许许多多的沙砾和土块，然而，它始终是推着粪球向前跑。不巧，粪球滚到了一根又粗又壮的植物尖刺上，不动了。然而，屎壳郎依然是那样地专注。它正着推了一会儿，又倒着往前顶，它还推走了周边的土块，它试着跑到粪球被扎的那面，只轻轻地一顶，粪球终于逃脱出来。

看到这里，怎能不为缺少智慧和情感的屎壳郎喝彩!它用心做事的态度和毅力超出了人类的想象，我们应该从中得到有益的启示。屎壳郎之所以能用心去推粪球，是本能所至，生存所需。如果人类能将屎壳郎用心的本能，变成一种习惯，一种条件反射，那么，我相信，当一个人做任何事的时候，再不会有后悔的烦恼了!

Photo：行走之中，留给自己的那一把花束。

关不关机，与制度无关

“开会时请将您的手机关掉，或者放振动!”这样的提示，多半是发生在会议开始前的几分钟，或者提前写在会议程序里。无论是口头要求，还是书面规定，都应视做一种制度，需要大家共同遵守。

台上，报告人正兴致勃发。忽然，一阵手机铃声响起，报告人停顿了一下，微微抬了一下眼皮儿，继续他的讲话。又一阵手机铃声响过，他抬起头来，摘掉眼镜，无话可说。

这样尴尬的场面，我们几乎司空见惯。本来，开会不允许接听、拨打手机，这是最起码的常识，也是必须遵守的制度。可每每开会，总能听到那不应该有的声音在作响，而且，屡禁不止。开会不关机的人，十有八九是因为忘记了。关掉手机，或放振动，本不是一件复杂的事，可有的时候，有的人还真就想不起来。谁也不能将提醒的话写在脑门儿上，即使写了，自己也看不见。

有个聪明的企业，曾购置屏蔽设施放在会议室里，限制手机的呼入呼出。可好景不长，现代电子产业发展日新月异，手机功能日臻完善，反屏蔽手机很快就实现了突围。

一位刚刚出席国外一家著名企业举办的国际性会议的领导，介绍了一个值得借鉴的好办法。他说，有些先进企业按照惯例，在每一个会议室配备一个长条桌子，上面摆放一个个的小篮子。每一位走进会议室的人，很自然地将包里或是口袋里的手机拿出来，关掉，放进不同的小篮子里，记住号码，然后才坐到自己的位置上，准备开会。无论会议开多长时间，始终保证听不到一声手机的铃响。

这个小小的程序，充满了人本主义的光芒，它把提醒关机的信号和限制拨打的命令统统存放在一个温馨的小篮子里，既安全又随意。

看来，关不关机，应该与制度无关，而和人本理念有直接的关联。人本理念说得直白些，就是给硬梆梆的制度注入人性温情，也就是以人为本。

再举两件小事：其一，联想集团为了杜绝开会迟到现象，专为迟到者设立了一个“迟到席”。开会迟到，对不起，请到特殊席位站上十分钟，然后再归位。其二，有一家百余人的公司，管理不是很严格，职员比较散漫，迟到现象较严重。后来，公司新来了一位副总经理，他决心在上任之前解决这个问题。一天早上，每一位上班的职员一进大堂，迎面而来的是一位微笑着点头问候的人，这个人从早上7：30一直站到9：00。第二天，一张微笑的面孔如期而至。第三天，那人依然微笑着出现在眼前。但这时，他离开的时间显然比第一天早。职员们私下里开始议论，各种各样的猜测层出不穷。直到有一天，那个人终于可以在8:00准时离去时，职员也终于知道了这个人就是他们新来的副总经理。他精彩的亮相，让过去糊涂的人们恍然大悟：噢，原来管理是这么富有人情味啊!

假如我们在管理中能将刚性制度转化为柔性执行，那么，我们还愁有什么做不到的呢?

Photo：也许不知道阳光的方向，面向温暖却要成为本能。

万物生长我独停

电视上见高晓松手戴镣铐，很是震撼。联想昔日“中国达人秀”场，高晓松端坐评委席，专业霸气的评点，历历在目。两相对比，莫名的同情弥漫上升，以至于隐隐觉得，这件事对他最好不要产生太多的负面，更不要影响他继续成功的步伐，但必须认真反思。

人生中一个不经意，一个不该打盹儿的时候打了一个盹儿，幸好没跌倒，晃了一下，站住了。头脑渐渐清醒，思维慢慢理顺，最终选择停下来。因为，脚步太快，德行有时跟不上，更何况灵魂！

从电视画面看，高晓松表情还算镇定，但内心的波澜却只有他自己知道。事发后，他曾写下“对不起，永不酒驾”的忏悔，承诺赔偿被撞司机医疗费，他还嘱咐朋友，暂不让年幼的女儿知道此事，无需与妻子见面。这个时候的他，在法律法规面前，终于变得真实而普通，这是我们希望看到的一种人性回归——一个勇于担当的男人，一个护佑子女的父亲，一个顶天立地的丈夫，一个幸存良知的社会公民。高晓松在警车上说的一句话，印象极深：酒能给人自由，也能让人失去自由。

酒这东西啊，真不知道该怎么形容。这个事件，是酒精惹的祸，还是自由惹的祸，真不

好评说。人这辈子归根结底是要争取自由，无论得到还是得不到，无论是多还是少，都很痛，很迷惘。可世间的人们啊，无不为之奋斗！为什么人把自由看得如此珍贵？就是太难得。本质上，人生而渴望自由，却又一辈子难得自由，甚至最后，连为谁活，为什么活也说不清楚。好像全为别人——父母，子女，配偶，朋友；或者为事业，但好像也不全是；为自己吧，到最后却也挣扎不出来。

自由究竟为何物？我觉得，就像云在天上飘，自由吧，是随风而飘。那么风是自由的？更像是大自然的一种造化，仅此而已。

高晓松醉驾案，让我们有机会审视日渐膨胀的心灵，承认自我浮躁下滋生的张扬外表，继而让我们重建道德准则，回归人性本源，找回谦恭之情，重塑内心和谐。

Photo：什么是一生的丰收，第一个想到的答案也许是错的。

享受摄影的孤独

摄影是一个人的艺术。热爱摄影，享受孤独。

年轻时害怕一个人出行，但却羡慕身背相机的人，以为有相机陪伴，再苦涩的流浪也会自由快乐。人过中年，女儿上了大学，转了十几年的机器，想停下来却还有惯性。一个人闲下来，总是没着没落儿。有时候傻傻地想：人这一辈子，其实就像是一次次旅行，永远在路上。尽管知道有终点，却又不知何时何地为终点。出发，时刻准备出发！

喜欢一个人行走在自然中，不被打扰，不受约束，信马由缰。走走停停之中，沉醉于自然界的风景，感动于造物主的匠心。人在心动时刻容易变得贪心。看在眼里还不够，还要装在心上，装在心上还不行，还要重复遇见。终于，对技术一窍不通的我，拿起相机，爱上摄影。将心上的欲望瞬间定格，变成永恒，这要感谢生硬的数码相机！

第三只眼里的世界，竟有意想不到的精彩。山谷里随意绽放的一朵野花，却给春天一片蓬勃；七月的青海湖，蓝色的湖水和黄色的油菜花，叫人长醉不醒；秋天，天堂九寨，人在画中游，却不知风景在哪里；冬日，艳阳高照，长城也会显示鲜为人知的忧伤。风景看多了，拍过了，渐渐明白，世界上的万事万物都是有灵性的啊，需要用心去体会。

“你见或不见我/我就在那里/不悲不喜”

“让我住进你的心里/默然 相爱/寂静 欢喜”

用心成为风景的一部分，让心灵远行，给思想放飞，这一刻是自由的。人这一辈子争来争去，最后就是要两个字——“自由”。我的自由，来自于追求，更来自于内心。内心有自由，处事才强大。内心的强大是力量中最强大的一种，每一个人都希望自己变得越来越强大，好，拿起相机，你会感到有勇气，你会变得有力量！

Photo：平常而珍贵的静谧。

摄影三境界

喜欢摄影不是刻意，属于偶然中的必然。

热爱是最好的老师，我把家里当时还算不错的一个只有300万像素的卡片机，随身携带。中午，一有时间就去玉渊潭公园，一边散步一边拍摄，乐此不疲。周日去图书大厦闲逛，有好看的书，特别是有关摄影方面的就买回家。有时候，干脆就捧上一本经典的摄影图书一气翻完，很过瘾。

理论知识相当重要，前人的经验更不容忽视。站在巨人肩上，更容易缩短差距。学完了知识不等于就能掌握，实践才是把理论和实际结合起来的媒介。拍片就像做任何事一样，做到最后，就两个字："境界"，但不同阶段会有相应的境界。套用王国维的读书三种境界，摄影也有三种境界。

相机在手，眼见手拍。

这是学摄影的初级阶段，也是基础，没有什么人，不经于此就一跃而到更高层次。我正处于这个级别的最高层次——发烧友。每天都想去拍片儿，见什么都想拍，拍不到手都痒。可是无论相机多高档，什么样的长枪短炮，如果心中不懂摄影，拍出的东西也都没有生命力。正所谓，手中尽管握着相机，却怎么也拍不出心中的景色。

相机于心，脑动心拍。

有一个故事：两个小和尚坐在树下念功，其中一个对另一个说："你看树叶被风吹动了。""没有啊，我没见到树叶在动！""明明是动吗！""根本就没动！"两个小和尚你一句我一句，争论不休。最后，只好找师傅评理。师傅听了，不紧不慢地回答："你们说得都对，树叶被风一吹，确实在动，你看见树叶在动，也说明你的心在动。"

借用这个故事是想说明做事要有一种意念，要用脑去想，用心去做，还要心无旁骛，专心致志。这是一切事物升华的必由之路，假如能做到心中所想，即为相机所拍，无论拍出什么样，在自己心中都是最完美的，因为是自己心中所想，心之体验。

没有任何，一片空明。

这应该是最高境界——手里没有真实的相机，心头不再假想按动的快门，只把曾经看过的，想到的，拍过的所有、所有，通通揉碎进心田。当盈满的，丰富的，好看的，好玩的，美妙的……一个个场景，一个个画面，一个个故事，随时可以溢出的时候；当世间所有景致为你安排，为你开放，为你设计，为你生存，为你取舍，就好像世界只存在于你眼中的时候，即便手中无相机，心中也会是一片空明；当你始终用最美好的心态和目光去发掘身边的一切，入眼之处无不美好，皆为极品时，无论用什么样的相机，抑或画笔，都能绘出世界的美好，因为心是美的。

Photo：很近很远的城市。

图之四

Describe

一画

叶似花

那不是花，绝对不是，是叶。

她的出现，让我迟疑。历经严冬，却看不到沧桑？不仅如此，待春风那么一摇，灿若夏花，却比夏花坚挺、结实、独特。

很多时候，认为花比叶好看，有内容。但拥有了“阅历”之后的叶，便有所不同。傲然风霜雪雨，不抱怨，不寂寞，不放弃，所以更耐寒，更懂得面对，更能够坚持。她的美丽，超越了花的娇柔、花的妩媚和花的招摇。

若不是用相机将叶子定格，再细读，肯定不明白“叶里藏花”的改变。

叶不落，生成花。人生何不如此。

图画

把眼前看成一幅画，是功力也是人生。寻常的，是独此一份的，是值得回味的，就像是我们的人生。

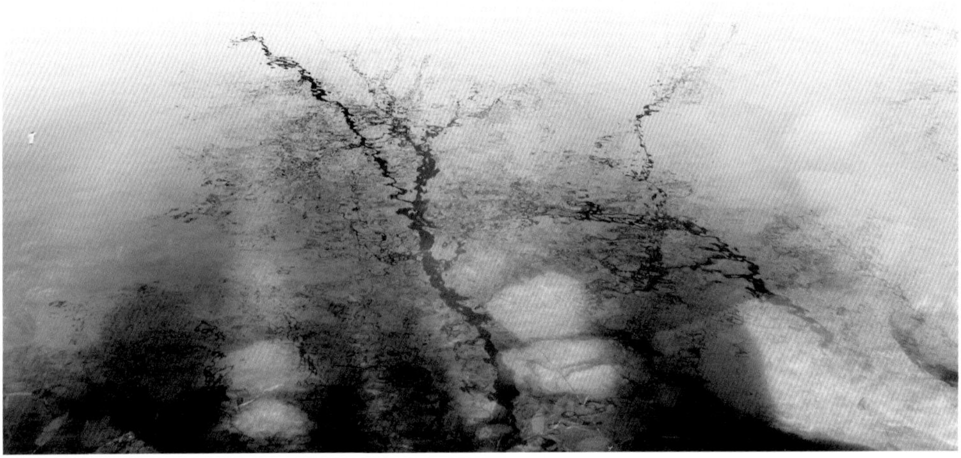

禅意的风景

一直认为简洁的拍摄，比内容丰富的画面要难。有时候，能把自然景致拍得禅意，更需要境界。

我一次次用脚步去接触大自然，用敬畏来打动大自然，也使得灵魂，在宁静的空间，展开洁白的想象。

冬去春要来

厚厚的冰层不声不响消融，岸边光秃秃的柳枝等待春风摇醒，最后一抹冬日阳光如金子般辉煌。

俯瞰

静谧海岸，伫立晨曦。潮水敛起汹涌，开始含蓄。

踩上灌了整夜海水的沙滩，软绵绵的陶醉。浅浅脚窝，眼看着一点点渗出海水。害怕深陷，却也不想逃离。

俯瞰被海浪冲上岸的贝壳，看到的风景比贝壳还美丽。一幅幅画面，犹如空中拍摄广袤大地，有村落，有树木，有公路，有建筑，有城市，有想要的一切……

湖上片刻

倒影是另一个世界的信息，还有落叶和湖水听不到的低语。没有落花流水，叶子这普通的一份却也温情无数，还淡了忧伤。

纹

纹是年轮时光的最小单位，一圈一圈散去，是时间的另一种刻度。

静

看小说《山楂树之恋》，觉得“静秋”这个名字很美。再拍海边的秋天，仿佛也有了“静”的模样。

船语

船和海和沙滩和岸有着对话，只是我们听不到，它们用着自己的语言。船语听不到，但是从它们的身形里，还是隐隐看得到。

湾里的宁静

行驶在渤海湾里、胶东半岛上的东营、蓬莱、威海和荣成等几座海滨城市，走走停停间，仿佛回到天真烂漫的童年，躺在妈妈的臂弯里，安然入睡；又仿佛激情昂扬的青春岁月重新来过，耳边响起苏小明的《军港之夜》——“头枕着波涛，睡梦中露出甜美的微笑”……

去色

去色的风景，有着那样的一种韵味，轻易就能打动人心。也许这是在说一个道理：颜色回归纯粹，最能让人记得住。

脚步

咖啡店里，隔着窗子，看来来往往的行人。因为端坐，视线重点落在一起一伏的脚上。

仔细观察走过的男男女女，似乎人人都是急匆匆的样子，快步如飞。也许夏天太热，也许真的有事，抑或城市生活的快节奏，早已让那里的人们习惯了紧张。

有什么办法可以让急匆匆的人们放慢脚步，或者停下来歇歇？我不知道答案。尽我所能，把照相机速度调慢，以拍摄虚化影像，达到脚步慢下来的结果。

我希望城市里的每个人都能活得从容，从现在开始，生活一点点慢下来，脚步也就跟着慢下来；生活悠闲了，紧绷神经的那根弦也就自然而然地放松下来。

脚下

天是湿的，地是软的，草是嫩的，树是柔的，脸是潮的，发是润的，梦是幻的，心是远的。

喜欢一个人，撑着红色油毡伞漫步雨中。风舞动了裙摆，摇曳出黑白格子的质朴，也湿润着雨中的青石板。狭长寂静的小巷，一个人的雨中，什么也不想。其实，又多少事！

旅行的意义

人都说，熟悉的地方没有风景。

追求平静而稳定的生活，时间久了，又觉平淡。常怀突围之心，又恐一无所有。用一句简单的“不知足”，无法说明为什么没有了风景。

感动过你的事情只是曾经，曾经以为感动的事情变得淡然。于是，心灵开始慌乱，需要寻找新的风景。所以，不断开始新的旅行——从自己熟悉的环境到别人熟悉的地方。

生活就是走来走去！

防，己。

防止自己对幸福和喜悦的漠视并放弃

防己

为柽柳科植物，为柽柳Tamarix chinensis为防己科植物粉防己的干燥根。

性味　苦，寒。

功能主治：祛风止痛，利水消肿。除湿。